공 선 옥

1963년 전남 곡성 생. 난 곳이 산이 높고 골짜기가 많아 햇빛보다 그늘이 많다고 느낌. 항시 겨울엔 더 춥고 여름엔 더 더운 것 같았다. 이후에는 이곳저곳 떠돌며 살았고 지금은 담양에 살고 있다. 되도록 작은 묘목들을 작은 마당에 잔뜩 심어놓고 장차 나무들이 우거져서 집을 삼켜버리면 어떡하나 걱정하면서 또 나무를 심는 틈틈이 책을 읽고 글을 써서 밥벌이를 한다.

산문집 《그 밥은 어디서 왔을까》《자운영 꽃밭에서 나는 울었네》, 소설집 《피어라 수선화》《내 생의 알리바이》《멋진 한세상》《명랑한 밤길》《나는 죽지 않겠다》《은주의 영화》, 장편소설 《유랑가족》《내가 가장 예뻤을 때》《영란》《꽃 같은 시절》《그 노래는 어디서 왔을까》 등이 있다.

춥고 더운 우리 집

춥고 더운 우리 집

공선옥 산문

한겨레출판

차례

2부 • 집을 찾아서

3부 • 밥이나 집이나 한가지로

고향을 생각하고, 집을 생각하면 따뜻하고 기분 좋은 것만은 아니다. 고향을 생각하는 마음 깊숙한 곳에 또아리 틀고 있는 스산함, 황량함의 감정을 나는 쉽게 말해오진 못했지만 부정할 수는 없다. 헐벗은 산천, 버림받거나 잊혀진 세상의 오지. 그것이 내 고향의 일면이기도 하다. 내가 태어난 마을은 정확히 서향이다. 해는 언제나 우리 동네 뒤에서 떠서 앞으로 진다. 여름에는 서쪽으로 지는 해가 지세의 조건상 서향을 향해 앉은 집들을 가차 없이 공격한다. 겨울에는 북서풍이 몰아쳐서 문을 열면 방 안으로까지 눈보라가 쳐들어온다. 그런 집, 그런 동네에 살면서 내가 과연 행복했던 적이 있었을까. 내가 행복했던 적이 있었는가를 묻는 것은 썩 행복하지만은 않았다는 말과 같을진대, 그렇다면 나는 행복하지 않은 이유를 여름에 지는 해의 무차별적인 공격, 겨울에 몰아치는 바람의 무자비한 침공 따위들에 전가하고 싶은 걸까.

아무 일도 일어나지 않은 때는 물론 행복했으리라. 몸을 가눌 길 없이 행복에 겨워서 행복한 게 아니라 불행한 일이 일어나지 않아서 행복했다. 불행하지 않으면 행복한 것이다. 행복이란 그렇게 작고 보잘것없고 소소한 것. 그리고 그런 중에, 본격적 불행이 오기 전에 그 전조 성격의 불안의 검은 그림자가 나와 우리 집 주변을 배회했다. 보이지 않아서 더 무서운 불안의 그림자. 이러다가, 이렇게 아무 일도 없다가 미구에 무슨 일인가가 일어날 것만 같은 기분이 들었던 것은 다아…… 돈 때문이었을까? 필요한 돈이 늘 없어서. 생존을 위협할 정도로 없어서.

내가 우리 동네, 우리 집이 아닌 곳에서 나고 자랐다면 나는 지금 어떤 사람이 되어 있을까를 가끔 생각해본다.

들어가며

장소뿐 아니라 시대도 생각한다. 1960년대가 아니라 1920년대나 30년대쯤에서 태어날걸, 하는 어린애 같은 생각도 한다. 아니 그럼 식민지 시대를 좋다고 생각하는가?라고 누가 물으면 애매하게 웃거나, 입을 꾹 다물거나 할 테지만 말이다. 사람은 직접 경험하지 않으면 모든 진상을 100퍼센트 알기 불가능하므로 그런 철없는 생각도 해볼 수 있을 것이다. 어쨌든 잘 몰라서라도 2, 30년대를 '꿈꾸어'보지만 유감스럽게도(?) 나는 1960년대 초반의 우리나라, 우리 동네, 우리 집에서 태어나 자랐다. 그리고 우리 집에서 가장 가까운 큰 도시인 광주로 와서 10대 후반과 20대 초중반을 살았고 그 후로는 천지 사방을 떠돌다 지금은 고향 곡성에서 멀지 않은 담양에 살고 있다.

세계 지도를 들여다보면서 나는 우리나라를, 전라도를, 곡성을, 곡성의 한 서향 마을인 우리 동네를, 우리 동네의 가장 아랫집인 우리 집을 생각한다. 그 지리적 조건들을. 내가 태어나 자란 그 시간적 의미들을. 도대체 첨단 문명과는 거리가 있던 그 공간과 시간들에 대하여. 나에게 그곳은, 그 시간들은 어떻게 작용했는가. 그 작용은 글을 쓰고 살아가고 있는 내게 어떤 의미를 가지는가.

그런저런 생각을 하다 보니 문득, 내가 살았던 지리적 조건, 장소, 공간 그리고 내가 거쳐온 시간들이 내게 그리 쾌적하지만은 않았던 것을 기억한다. 안락하지도, 안정적이지도, 고요하지도 않았던 나의 거처들, 나의 시간들. 그리고 내 주위를 음산하게 배회하던 그것, 불안의 그림자. 그런 결과로 나는 내가 거쳐온 지리적, 장소적 공간들에 그리고 시간들에 썩 호의적이지 않은 감정을 가지고 있었다. 뭔가 포근하고 좋은 것들이 아니라 불안을 유발하는 조건들에 둘러싸여 살았고 자연히 내 의식을 형성하는 것은 초조, 긴장, 두려움들. 나는 나의 장소, 나의 공간, 나의 시간, 나의 생활을 한편으로 연민하면서 또 한편으로 버리고 싶은 기분으로 살았다. 어린아이가 정체를 알 수는 없지만 견디기 힘든 어떤 국면에서 손톱을 물어뜯는 행동을 하는 것처럼, 나는 내가 맞닥뜨린 모든 곤혹스러운 상황들 앞에서 어찌해야 할 바를 모르고 살아왔다. 내가 한창 자라던 시기에 나의 고향은 부서지고 일그러지고 스산해지고 요상해졌다. 나는 문명과는 거리가 멀었던 전통사회의 끝을 보았고 '새마을 시대'를 통과하면서 그나마 남아 있던 전통사회의 편린들이 산산이 부서지는 반문화 사회의 '건조함'을 보았다. 그것이 내가 살던 작은 마을에서 어느 한순간에 벌어진 일이다.

내가 살아온 시기는 고요를 파괴하는 시기였다. 전통이 '조국 근대화'라는 이름으로 일고의 주저함도 없이 절단났다. 마을이 생겨나기 전부터 있었던 울창한 숲 밭을 장애물 치우듯이 밀어버렸다. 숲이 없어진 자리에 시멘트 새마을 창고가 들어섰다. 숲에 깃들어 살던 새들은 날아가고 숲에 기대 살던 사람들은 도시로 떠나갔다. 겨울이면 집 마당에서 혼례식을 올리던 마을의 처녀 총각들은 이제 도시의 예식장을 빌려 뚝딱 결혼식을 해치우고는 도시로 떠난 뒤 다시는 돌아오지 않았다. 계곡물을 끌어와 상수도가 집집마다 설치되어 마을의 공동 우물터가 폐쇄되었다. 쓰지 않는 우물은 더 이상 물이 고이지 않았다. 겨울이면 농사일에서 해방되던 사람들이 비닐하우스 안에 특용작물을 재배하느라 농한기가 따로 없이 되었다. 농사가 밥이 아니라 돈이 되었고 돈은 많아졌지만 빚은 늘었다. 돈처럼 귀한 게 없다가 돈이 흔해지자 사람들은 맨 먼저 텔레비전을 샀다. 텔레비전이 생겨서 밤마실 다니는 사람들이 없어지게 되었다. 그 모든 일련의 사태들이 삽시간에 일어났다. 나는 고등학교를 가기 위해 집을 떠났다. 이후로 다시는 돌아오지 않을 길이었다.

앞에서 나는 그 동네, 그 집에서 행복했던 적이 있었는가를 자문했다. 그런데 그 질문을 이후에 내가 살았던 모든 장소와 시간들에게도 물어야 할 것 같다. 나의 옛 마을, 나의 옛집을 떠난 이후에도 나는 명실상부하게, 에누리 없이, 환하게, 일 점 의심도 없이, 행복했던 적이 있었을까? 내가 살던 장소들, 공간들, 시간들, 생활들에 너무 많은 일이 일어났고 그 일이 있을 때마다 너무나 많은 생채기가 나의 장소들, 공간들, 시간들, 생활들, 그리고 나의 몸, 나의 마음에 새겨졌다.

그러니 한 번이라도 내가 어떤 안락, 어떤 쾌적함, 어떤 호의, 환대, 에누리 없이 환해지는 순간을 맛보지 못하고 살아온 것이 아닌가. 나의 옛 마을, 나의 옛집에서 내가 태어나고 자라서가 아니라, 내가 살아온 연대가, 혹은 살아간다는 것 자체가 그러한 것이 아닐까.

바로 그 조건이, 내가 글을 쓰는 이유가 아닐까. 살기 적합한 동남향이 아니라 서북 방향의 집처럼 '살기에는 적합하지 않은' 조건 속에 내가 사는 한 나는 계속 글을 쓸 것이다. 그러니, 세계지도 속에서, 혹은 세계사 속에서, 내가 이 작은 한반도에서, 전라도에서, 곡성에서, 그리고 우리 집에서 나고 자란 옹색과 빈곤과 하여간 살기에 적합하지 않은 모든 조건들은 글 쓰고 살아가는 내게 얼마나 풍요로운, 행복한 조건들이란 말인가. 그 춥고 더운 나의 옛 서향집 같기만 한 세상의 모든 조건들이.

2021. 봄

여기 이 책에 묶인 글들은 그래서 내가 나의 옛집 같은
세상의 서향집에서 옹색하게 살며 쓴 옹색한 글들이다.
언제 한 번이라도 다리 쭉 펴고 큰대자로 누워볼 수 없게
옹색한 거처에서.

1부

○

나의 집과 시간들

구렁이가 달걀을 깨물어 먹는 집

그 집은 사방이 시커멨다. 내가 난 집 말이다. 지붕이 삭아서 시커멓고 벽이 그을음으로 시커멓고 때 묻은 걸레로 닦아서인지 마루도 시커멓고 아궁이 불이 세서였는지 군데군데 타서 시커먼 방바닥으로 니가 '굴러 나왔다'고 엄마가 말했다. 아버지가 장가를 들어 큰집에서 제금을 난 그 큰집 맞은편 세 칸 초가집에서. 정제라고 부르는 부엌과 안방과 말레라 부르는 마루와 작은방과 소죽 끓이는 아궁이가 있는 집. 안방 난방은 정제에서 하고 작은방은 소죽 끓이는 아궁이가 담당했다. 본채 앞에 작은 마당이 있고 그리고 변소가 딸린 헛간이 있었고 헛간 옆에 텃밭이 있었다. 본채와 헛간 모두 흙집이다. 마을 집들은 대부분 서향인데 내가 태어난 집은 집 뒤, 말하자면 남쪽이 바로 산이 버티고 있어 지세를 따르느라고 북향이다. 대문은 대나무 사립문이고 문간은 큰 골목에서 안으로 쑥 들어와 있다. 제주 사람들의 올레처럼. 이렇게 내가 태어난 집을 묘사하고 나니 북향인 것만 빼고 딴에는 내가 꿈에도 그리는 이상적인 규모와 가장 심플한 형태의 집이었던 것 같다. 전면이 북향인 집의 장점은 뒤꼍이 남향인 점. 남향 뒤꼍, 아니 뒤안은 얼마나 좋은 장소인가. 얼마나, 얼마나……. 그러나 우리 집 뒤안은 햇빛을 받을 수가 없다. 남쪽에 울창한 대나무 산이 버티고 있는 것이 치명적이었다. 하여간 남쪽 뒤안, 부엌문 바로 앞에 확독이라 부르는 돌확이 놓여 있다. 엄마가 부엌에서 흰 광목 앞치마 두르고 일하고 있을 때,

"텃밭에서 산으로 난 길을 따라 고라니가 내려와서는 내가 확독에 갈던 먹을 것을 주면 내 옆에 착근히 무릎을 꿇고 앉아 받아먹고는 했단다. 고라니 가고 나면 산양이 내려와서 저도 달라고 내 얼굴을 빤히 바라보곤 했지. 햇빛은

비록 못 받은 집이어도 얼마나 좋은 집이냐. 고라니, 산양, 토끼, 꿩이 수시로 내려와서 쉬었다 가는 우리 집은 날마다 즐거운 집이었단다."

물론, 엄마는 이렇게 말한 적이 없지만 내 어렴풋한 기억에 그런 것도 같아 일부러 써보았다. 글을 쓰다 보니, 그림이 떠오른다. 제목은 고라니와 엄마와 산양. 신화 속의 풍경 같다. 이제는 내 마음속 신화가 되어버린 엄마, 고라니, 산양 그리고 우리 집. 그러나 글과는 다르게 우리 집은 그리 즐거운 집이 아니었다.

안방 남쪽으로 조그만 봉창이 나 있었다. 빛은 오직 북쪽 마루 출입문과 남쪽 봉창에서만 들어오니 대체로 낮에도 어둑시근. 나는 그 집에서 토끼해 음력 섣달 스무여드레 자시에 났다. 엄마는 그 방에서 나를 낳아놓고 또 딸이 나온 것을 슬퍼했으리라. 또 딸이 나온 것을 슬퍼했다는 이야기는 하지 않고 엄마는 나를 두고 이렇게 말했다.

"섣달그믐 엄동설한 오밤중에 먹을 것이라곤 없는 세상에 나오는 것이 얼매나 고달팠는가 속에서부터 내 오목가심을 오독오독 쥐어뜯더라."

엄마 가슴을 오독오독 쥐어뜯다가 세상에 나왔다는 엄마의 그 말이 내 가슴을 오독오독 쥐어뜯는 것 같았다. 태어나기도 전에 벌써 엄마 가슴을 오독오독 쥐어뜯었던 불효를 저지른 것이 아주 죄송한 일이라는 걸 일찌감치 알았던 탓인지 나는 늘 혼자, 혹은 나처럼 기가 없고 몸이 약한 동무 하나나 둘하고 사람들 눈에 잘 안 띄는 후미진 곳에서 쪼그리고 놀았다. 무슨 죄 짓고 숨은 것처럼 조심 조심.

다른 아이들이 뻰 따먹기니, 오재미 놀이니, 고무줄 놀이니, 양지바른 너른 마당에서 머리카락 휘날리며 훌떡훌떡 뛰어놀 적에 나는 그들의 맘보 쓰봉 다리 밑에서 놀았다. 그들이 일으키는 흙먼지 다 마시면서. 그놈의 흙먼지 때문인지 나는 늘 골골거렸다. 겨우 좀 놀았다 싶으면 어김없이 어두운 방으로 기어들어 봉창이나 쳐다보고 누웠다. 그런 날 중의 어느 한 날이었을 것이다. 낮에도 어두운 방 시렁 위로 거대한 구렁이 한 마리가 흰 배를 드러내 보이며 기어 오더니 시렁 위에 올려놓은 달걀 바구니로 접근했다. 나는 그것을 끽소리도 못 내고 지켜보았다. 드디어 구렁이는 바구니 가득 들어 있던 달걀을 남김없이 삼키고 나서 천장 어딘가로 스르르 사라졌다.

군이나 면이나 농촌 지도소나 하는 데서 곧잘 강습을 나왔다. 우리 집 작은방에 엄마들이 가득 모였다. 엄마들은 산아제한 강습을 받느라고 문을 걸어 잠근 채 강습을 받고 있었다. 엄마는 만삭이었다. 내가 아들이었으면 엄마가 배가 부르지 않았을 거라고 우리 집에 온 모든 엄마들이 내게 말했다(했으리라). 내가 엄마를 배부르게 해서 엄마를 고통스럽게 한 원흉인가 싶어 괴로웠다(괴로웠으리라). 아이가 괴로우면 갈 곳이라곤 변소나 헛간뿐이다. 변소 위에 걸린 시렁에는 닭둥우리를 올려놓았다. 나는 몸을 말아 닭둥우리 속에 쏙 들어갔다. 그래서 강습받다가 소피보러 나온 엄마들의 궁둥이를 낱낱이 보았다. 그리고 그 엄마, 나중에 생각해보면 남편이 없어 '산아제한' 강습에 굳이 나올 일이 없을 것도 같은데, 나온 엄마. 하기사 할머니들도 있었으니, 심심해서 마실을 왔으리라. 그 엄마가 소피를 보고 일어서면서 달걀을 훔치는 것을 나는 보았다. 한 개, 두 개, 세 개…를 속곳에 넣고 변소를 나가 곧바로 자기네 집으로 갔다는 것을(아주 어린아이였을 땐데도 선명한 기억으로 남아 있다). 그 엄마가 우리 집 달걀을 훔쳤다고 누구한테도 말한 적은 없지만, 이후 내내, 내가 상당히 커서도 그 장면을 본 것이 내가 큰 잘못을 저지른 것만 같았다. 훔친 것을 본 것이 미안했다. 그 엄마가 아들을 데리고 마을을 떠났을 때 나는 내가 미안하다, 는 말을 못 해 두 번째 잘못을 저지른 것만 같은 기분이 들었다. 그래서 사람이 떠나고 없는 빈집에 들어가 괜히 혼자 서성대기도 했다. 동네 여느 집처럼 서향집인 그 집은 동네 여느 집처럼 겨울엔 추웠고 여름엔 더웠다. 그런데, 그 집은 더 춥고 더 더운 것 같았다. 비가 오면 더 축축했고 가물 때는 더 퍽퍽했다. 그 집 닭들은 물똥을 아무 데나 막 갈겼고 돼지들은 별스레 더 악을 쓰며 울어댔다. 소는 없었고 습기 찬 마당에는 늘 풀이 우북했고 유독 날파리가 들끓었다. 사람이 빈 그 집은 이내 허물어졌다. 허물어진 그 집 위에 어느 날 죽순이 돋고 죽순은 순식간에 자라서 그 집 전체를 대나무밭으로 만들었다. 그 대나무밭은 유독 모기가 많고 뱀이 들끓어서 사람들은 아무리 죽순이 욕심나도 그 밭엔 들어가지 않았다. 아무도 들어가지 않는 대나무밭 속엔 모기와 뱀과 그리고 사람의 아기가 있었다. 사람이 오지 않는 대나무밭 속에 누군가 아기를 버렸고 또 버린 그 아기를 누군가 데려갔다. 세상에는 그런 집도 있었다. 아파트 세상에서는 믿기 힘든, 그러나 분명히 있었던 집. 그리고 지금은 가뭇없이 없어진 집. 집은 저 스스로 죽기도 한다는 것을 알게 해준 집. 날마다 조금씩 눈에 안 띄게 죽어가는 그 집의 마지막을 지켜보는 것이 나는 좋았던가? 풀이 우북한 그 집에 내가 있으면, 울 애기 여기 있능가아, 엄마 목소리가 들렸다. 약간의 염려와 약간의 두려움과 약간의 호기심으로 엄마도 나를 따라 그 집을 휘휘 둘러보다가 내 손을 잡고, 얼릉 나가자, 얼릉.

그 무렵에 우리 집도 이사를 했다. 구렁이가 달걀을 먹어버린 것에 분노한 아버지는 구렁이 나오는 초가집을 버리고 동네 초입에 '부로꾸집'을 마련했다. 초가집에서 부로꾸집으로 이사함으로써 내 다사다난한 유년도 끝났다. 아침에 밥 잘 먹고 동생하고 바둑이 데리고 동네 가운데 집에 놀러 갔다 밥 먹으러 집에 왔더니 집이 텅 비어 있었다. 문짝들은 활락활락 열려져 있고 불기도 없고 물기도 없는 휑뎅그렁한 부엌에서 고라니가 서성대다가 저도 무슨 낌새를 알아챘는지 뒤꼍 문지방을 훌쩍 뛰어넘어 산으로 내빼버렸다. 나는 토방에 앉아 목을 놓아 울었다. 암도 업써, 암도 업써……. 나 없는 새 이사해버린 것에 항의하는 일종의 시위로 눈물은 안 나오고 악만 나오는 울음을 뽑아냈다. 악 소리는 점점 늘어진 노랫가락이 된다. 아아아아, 아아아아아아아아아아아앙. 목이 쉬도록 뽑아내는 내 긴 울음은 그러니까 떠나가는 유년에 바치는 엘레지 같은 것. 지나놓고 보니 그런 것 같다. 내 초가집 시대는 그렇게 끝났다. 고라니가 쪼그려 앉아 고구마를 파먹던 집, 산양이 내려와 물을 먹던 집, 구렁이가 달걀을 삼키는 집은 이제 내 생애에서 다시는 보지 못하리라. 뱀이 들끓는 대나무밭에 아기 울음소리 들리는 시절도 아주 먼 옛날이야기가 되리라. 그 이야기들을 내가 50년도 훨씬 지난 뒤에 하게 되리라는 것을 나는 아직 모른 채, 아가, 느그 집 저 아래 부로꾸집으로 이사 갔단다, 인자 느그는 신식 집에 살게 되었단다, 그 집에는 유리창도 있단다, 하며 나를 달래는 이웃집 엄마의 등에 업혀 신산하고 또 신산한, 굳이 묘사하자면 '바람 펄럭

이고 비구름 휘몰아치는' 일만 벌어질, 그러나 유리창이 있

는 집, 이웃집 엄마 말대로 신식 부로꾸집에 들어섰다.

내 미운 부로꾸집

구렁이가 달걀을 다 먹어버려서 양계 사업에 실패를 봤다고 여기기 이전에 아버지는 이미 실패하고 있었다. 다만 그것이 아버지의 첫 번째 실패였을 뿐이다. 이후 얼마나 더 많은 실패를 경험하게 될지 모르는 채로 아버지는 동네 초입, 그것도 남의 땅에다 급하게 시멘트 부로꾸집을 지었다. 나는 지금 왠지 그 집을 '블록집'이라고 하고 싶지 않다. 그 집을 나는 굳이 블록집이 아니라 부로꾸집이라고 부르고 싶다. 그래야 그 집에 대해 내가 여태껏 가지고 있는 어떤 미움, 그것이 굳이 있다면 사랑까지도 부로꾸집이라는 그 말속에 담고 싶다. 내가 세상에서 가장 싫어하는 부로꾸. 그렇지만 사랑해서 미워한, 미워하면서 사랑한 나의 부로 꾸집. 그래서 지금도 시멘트 블록으로 담장을 둘렀거나 벽을 쌓은 집을 보면 여러 복합적인 감정이 밀려와 진저리를 치는 것이다. 사는 내내 내가 블록만 보면 진저리를 치게 될 줄은 모르는 채로 들어간 그 집은 엄밀히 말해 집이 아니라 '잠실(蠶室)'이었다. 누에 키우는 방. 아버지는 그 부로 꾸집에서 잠업이라는 새로운 사업 아이템으로 양계 사업에서 본 처절한 실패를 만회할 심산이었다. 한 번의 실패로 낙담하기엔 아버지는 아직 젊었다. 더군다나 아버지는 그때 세 살, 다섯 살, 일곱 살짜리 꼬마들의 아버지였다.

그렇지만 아버지의 새 사업장이자 우리 식구의 새 보금자리인 부로꾸집은 오르막 골목의 아래쪽에 있어서 온 동네 하수가 다 쏟아지는 집이었다. 마당 한가운데로 이웃집들에서 흘러나오는 하수가 개골창을 만들었다. 개골창 속을 한번 까뒤집어보면 몽글몽글하고 질척질척한, 하수 오니 속에 빨간 실지렁이들이 꼬물거렸다. 아버지는 구렁이 나오는 집을 버리고 지렁이 나오는 집으로 식구들을 데려다 놓았던 것이다! 구렁이 덕분에 우리는 구렁이 따위는 얼씬도 못 할 신식 부로꾸집에서 실지렁이와 함께 살게 된 것이다.

남의 집에 다 있는 것이 부로꾸집엔 없었다. 오막살이 토담집에도 반드시 있는 마루가 없었다. 마루 없는 건 그렇다 쳐도 결정적으로 부엌이 없었다. 마루가 없고 부엌이 없어도 집은 집이었다. 동네 어떤 집보다 네모반듯한 집이었다. 동네 집들이 다 구불구불해서 더 그래 보였는지는 몰라도 부로꾸집은 민망할 만큼 반듯했다. 나중에 내가 아파트의 반듯함에 덜 민망해하는 것은 분명 나의 부로꾸집의 반듯함에 이미 면역이 되어서인지도 모른다. 너무 반듯해서 부엌을 들일 수 없었는지, 부엌이 없어서 반듯했는지, 알 수 없는 집이지만 사람이 살기 위해서는 난방을 해야 하고 밥을 끓여 먹어야 하므로 아궁이는 있었다. 요새식으로 말하면 극단의 미니멀 주방인 셈. 아궁이 있는 곳이 당연히 부엌 자리였다. 내가 그 집에 들어서면서 보니 엄마가 부엌 자리 한켠 소반 위에 북어하고 쌀하고 미역 등속을 진설해놓고 절을 하고 있었다. 엄마는 그때 갓 서른 살이었다. 육십이 다 된 나도 해보지 않은 의례를 이제 겨우 서른 살인 엄마는 어떻게 알고 했던 것일까.

그 집은 동네 여느 집에는 으레껏 있는 마루나 부엌이 없는 대신에 다른 집에는 없는 것이 있었다. 동네 어떤 집도 우리 부로꾸집처럼 뒤꼍이 바로 길인 집은 없었다. 집은 모두 담장이나 울타리 안에 있었지 우리 집처럼 벽이 곧 담장인 집은 없었다. 또 다른 집엔 없는 유리창이 있었다. 그것도 아주 멋진 들창이었다. 문을 뒤로 밀고 고리를 창틀에 거는 들창문. 모든 것이 밉기만 한 부로꾸집에서 유일하게 시선을 끄는 앙증맞은 들창문. 자아, 그 들창문에 관한 이야기를 해보자. 크기는 아이들 스케치북만 한 들창문 밖으로 보이는 풍경에 관한 이야기. 장날 새벽이면 바로 머리맡으로 윗동네 소 장수가 소를 몰고 질주하는 소리가 잠을 깨우던 집. 그 벽 아래쪽으로는 나의 먼 조상과 그 조상이 부리던 소 무덤이 길게 누워 있던 집. 겨울이면 코끝이 시려 이불 밖으로는 얼굴을 내놓을 엄두가 나지 않던 집. 너무 추워 엄마가 벽에 못을 박고 철사를 이어 묶고 그 철사 위에 종이를 발라 천장을 만들어서 어떻게든 한기를 줄

여보려고 무던히도 애썼던 집. 결과적으로 그 집에서도 일찌감치 재기하는 것에 실패한 아버지는 진작에 객지로 떠나고 내내 엄마하고 언니하고 나하고 동생하고만 살았던 집. 긴긴 겨울밤에 닭 잡아먹으려고 눈에 시퍼런 불 쓴 삵괭이와의 대치로 밤을 꼬박 새우기도 했던 집. 생각하면 늘 겨울 생각만 나는 집. 사시사철이 겨울이었던 집. 사는 것이 한겨울 엄동설한 같았던 집. 정 붙일 데라곤 씨알도 없던 집. 또 그렇게 야박하게 말하면 왠지 안쓰러운 집, 바로 그 집. 그 부로꾸집에서 내 유일한 벗, 내 유일한 긍지, 내 은밀한 동반자, 나의 유리창, 내 들창문. 내 들창문 밖 바람에 쓸리는 빗물, 빗물에 쓸리는 보리밭, 보리밭에 쓸리는 작은 새들의 무리, 그 새들 따라 쓸리던 내 눈, 내 마음에 대해서. 그 집은 바로 그런 집이었다. 집도 사람과 같다. 사람에게 인격이 있으면 집도 그와 같은 것이 있다. 집도 생각할 줄 안다. 집도 표정을 가지고 있다. 때로는 집이 말도 한다. 집은 웃는다. 집은 울기도 한다. 나는 그 모든 것을 느낌으로 알았다. 이제 와 생각해보니 그 집이 내게는 얼마나 미운 집이고 미운 만큼 얼마나, 얼마나 정다운 집인지. 이제는 가뭇없이 없어져버린 나의 옛 부로꾸집을 내가 어찌 내 유년의 초가집을 말할 때처럼 말할 수 있을까. 그것은 불가능하다. 아버지는 빚을 졌다. 아버지는 빚을 갚기 위해, 그리고 다시 시작하기 위해 집을 떠났다. 엄마와 우리 아이들만 사시사철이 겨울만 있는 것 같던 그 부로꾸집에 남았다. 한여름에 집 안이 찜통이 되어도, 지붕이 이글이글 타도 그 집에서 산다는 것은 한겨울을 사는 것처럼 아슬아슬하다. 마당 한가운데로 실지렁이 꼬물거리는 개골창이 흐르는 집에서 머리맡으로 길이 나 있어 얇은 부로꾸 벽 너머로 늘 지나다니는 사람들 발소리, 말소리를 들으며 살았다. 눈 감으면 들린다. 그 발소리, 그 말소리들이. 그 발굽 소리, 그 숨소리들이. 그리고 다시 들창문 밖으로 보이는 가없는 바람, 바람 소리. 들창문 밖 길 너머, 개울 너머는 그다지 높지 않고 두텁고 너른 둔덕이 길게 누워 있었다. 그 둔덕 위로 논과 밭과 풀밭이 있었다. 사람들은 그 둔덕 논밭에서 일하고 또 일했다. 일하고 또 일한 사람들은 싸우고 또 싸웠다. 싸우고 또 싸운 사람들은 놀고 또 놀았다. 놀고 또 놀다가 사람들은 또 일하고 또 일하느라 둔덕 논밭에 납작 엎드렸다가 발딱 일어나고 엉키었다가 떨어지고 느리게 앉았다 빠르게 달렸다. 나는 들창에 얼굴을 바짝 붙이고 가까운 듯 머언 둔덕의 사람들을 지켜보곤 했다. 그렇게 보고 있으면 사람들이 꼭 그림자놀이를 하는 것 같아 눈을 뗄 수가 없었다.

객지 나간 아버지로부터는 소식이 없었다. 엄마는 고달프고 고단하고 고적했다. 그런 고달프고 고단하고 고적한 날의 어느 밤에 엄마는 달빛을 이용해 그림자놀이를 했다. 엄마는 그림자놀이를 달빛 아래서 하고 동네 사람들은 햇빛 아래서 하는 게라고 나는 생각했다. 우리 엄마는 남편 없이 사는 게 슬퍼서 햇빛 아래서는 그림자놀이를 하지 않고 달빛 아래서만 하는 게라고. 햇빛 아래 사람들이 그림자놀이를 하지 않는 비 오는 날이면 들창문 밖 논밭 언덕은 한층 가까워졌다. 내게 들창문 안쪽은 사시사철이 겨울이지만 들창문 밖 언덕은 늘 푸르렀다. 그 푸른 것의 기억이 겨울 방의 한기를 견디게 한 힘이 되었다는 것을 나는 서른 살이 다 된 어느 날 감옥에서 나온 어떤 사람의 말을 듣고서야 깨달았다. 감옥에서 나온 그 사람은 감옥 안의 한

기를 높은 창문 너머로 보일락 말락 보이는 미루나무 우듬지의 푸르름으로 견뎌냈다고 했다. 빚을 많이 지고 객지로 떠난 아버지 때문에 엄마가 동네 골목을 활달하게 걸어다니지 못했을 수도 있다는 사실을 철없는 내가 짐작할 턱이 없었다. 그러나 종합적 오감의 느낌이 우리 집이 동네에서 썩 환영받는 집은 아니라는 것은 감지했다. 동네에서 활발하지 못하고 숨소리를 되도록 줄이고 사는 것이 좋을 것 같다는 그 느낌은 아주 고약한 것이었다. 고약처럼 끈적끈적한 것이었다. 들창문에서 밖을 내다본다는 것은 빠꼼히 내다보는 것이다. 나는 들창문을 통해 세상을 엿보았던 것이다. 내가 글을 쓴다는 것은 세상과 맞짱을 뜨는 것이 아니라 다만 가만히 숨죽이고 엿보는 것 같다. 내 미운 부로꾸집 들창문 아래서 그랬던 것처럼. 그러니까 지금은 가뭇없이 사라졌다고 한 부로꾸집에서 나는 지금도 살고 있는 것이다. 마음속 부로꾸집 들창문을 열고 겁쟁이처럼 세상을 그저 빠꼼히 내다보며 겨우겨우 살고 있는 것이다. 산다는 일의 불안함을 잔뜩 안고서.

아궁이에 물을 푸며 책을 읽다

근 10년 동안 객지를 떠돌던 아버지는 내가 중학교 3학년 때 완전히 집으로 돌아왔다. 집으로 돌아와서 아버지가 한 일은 드디어 집을 짓는 것이었다. 요즘 유행하는 말로 '집인 듯 집 아닌 집 같은 집'인 부로꾸 잠실(蠶室)을 벗어나 정식 부엌도 있고 마루도 있고 방도 두어 칸 있는 진짜 집을 짓는 것이었다. 아버지가 집을 짓는다 하기에 그 얼마나 마음 설레었던가, 그 얼마나 행복했던가. 이제 우리 집도 다른 집처럼 아버지가 있고 그 아버지가 부엌도 있고 마루도 있고 방도 두 칸이나 되는 집을 짓는다니. 이제 우리도 남들 사

는 것처럼 살 수 있겠구나! 사람이 남들처럼 살아서는 성
공하지 못한다는 말도 있지만 그렇게 살지 못해서 겪는 마
음고생도 있다.

그러나 아버지는 돈을 벌러 객지로 떠날 때나 한가지
로 돌아왔을 때도 돈이 없었다. 고향에서 실패를 보고 떠
났던 아버지는 객지에서도 성공하지 못하고 돌아왔다. 그
래도 아버지는 아직 삶을 향한 희망의 끈을 놓지 않았다.
그래서 그 집을 지었던 것이리라.

아버지는 집을 이런 식으로 지었다. 먼저 목수를 불러
서 기둥과 대들보와 서까래를 올린다. 그때까지만 해도, 나
는 얼마나 감격했던가. 이제 드디어 우리 집도 남의 집처럼
정상적인 집을 짓게 되는구나. 어라, 그런데 이것이 뭔 일이
라냐, 목수 일이 끝나갈 무렵 눈에 익숙한 부로꾸가, 그놈
의 미운 세멘 부로꾸가 트럭 한가득 실려 도착하는 게 아닌
가. 아버지는 객지 나가서 조적과 미장일을 배워 왔다. 목
수를 불러 기둥을 세우고 대들보를 올리고 서까래를 놓는
일이 끝나자 아버지는 객지 가서 배워 온 아버지의 기술을
다른 집도 아닌 바로 자신의 집에 써먹기로 한 것이다. 몇

날 며칠에 걸쳐서 아버지는 흙벽 대신 부로꾸 벽을 쌓고 그 위에 시멘트 미장 마감을 누구의 도움도 받지 않고 혼자서 다 했다. 지붕은 동네 아저씨들이 와서 도왔다. 완성된 집은 뭔가 불안불안했던 내 예상대로 좀 이상했다. 예를 들면 이런 식이다. 부엌은 옛날부터 흔히 보던 전통 부엌이다. 바닥은 그대로 흙바닥이고 아궁이가 있고. 그런데 아버지는 도시에서 보고 온 대로 시멘트로 싱크대 형태를 만들었다. 타일도 붙였다. 그런데 정작 그 시멘트 싱크대에 수도는 설치되어 있지 않았다. 그러니까 모양은 싱크대이되 쓸 수가 없는 싱크대였던 것이다. 무엇보다 부엌 아궁이가 뒤꼍보다 낮아서인지 비만 오면 아궁이 가득 물이 찼다. 엄마가 늘 아프니까 언니가 광주로 고등학교를 간 이후 내가 언니의 바통을 이어받아 밥을 해 먹고 학교에 다니고 있었는데 비 오는 날 아침에 밥을 하려고 부엌문을 열면 우선 아궁이의 물부터 퍼내야 했다. 내가 원한 집은 결코 그런 집이 아니었다. 아무리 비가 와도 고실고실한 집이었다. 아무리 비가 와도 비가 새지 않는 집이었다. 아무리 추워도 코끝이 얼지 않는 집이었다. 밖이 아무리 추워도 안에 곰팡이가 피

　　　　　　　　　　　　　1부 · 나의 집과 시간들

지 않는 집이었다. 내 동무들 집은 다 그랬다. 아버지가 도시 물만 먹지 않았어도 내가 원하는 집과는 정반대인 집은 짓지 않았을 거라고 나는 생각했다. 도시에서 조적 일만 배워 오지 않았어도 내 친구들 집처럼 겉으로는 기운 옷처럼 흙덩이로 덕지덕지한 집이라도 여름에는 시원하고 겨울에는 따뜻한 집을 지었을 것이다. 아버지가 지은 집은 형태는 다른 집과 얼추 비슷했지만 내용은 우리 집보다 더 오막살이인 흙벽 토담집보다 못한 집이었다. 부엌에 '타이루'도 박혀 있고 문도 유리 미닫이문이고 '깨끗한 부로꾸 세멘질'을 한 집이라고 남들은 좋다고 하지만, 좋다고 하는 그 사람들도 아마 속으로는 혀를 차는 집일 거라고 나는 생각했다. 그래서 우리 집이 좋지 않다는 걸 다 알면서 좋다고 싱글거리는 사람들이 나는 미웠다. 그렇게 우리 집이 좋으면 당신이 우리 집 갖고 당신 집을 나한테 달라고도 하고 싶었다.

그러고 보니 나는 언제나 우리 집이 남의 집과 다른 것이 불편하고 부끄러웠다. 왜 아버지는 식구들을 늘 이상한 집에 데려다 놓는가. 비 오는 날이면 물을 퍼내야 하는 것이 부끄러워 그런 날이면 밤잠을 안 자고 있다가 날이 아직

새지 않은 신새벽에 부엌으로 들어가 물을 퍼냈다. 고이면 퍼내고 고이면 퍼냈다. 그래도 아궁이에 물이 고이는 집 덕분에 나는 책을 읽었다. 새벽에 물이 고이는 동안을 기다리며 선생님이 빌려주신 《이중섭 평전》도 읽고 강은교 에세이 《그물 사이로》도 읽었다. 중학생인 내게, 그리고 미술이나 시에 대해서 아무것도 모르는 내게 왜 선생님이 그런 책을 빌려주셨을까. 물론 선생님이 자기 책에 흥미를 가지는 내게 선뜻 주신 것이지만 말이다. 《괴도 루팡》이니, 《복면의 기사》니 하는 어린이용 책만 접하다가 그렇게 문명적인 책을 접하기는 그때가 처음이었다. 어느 날, 대학 졸업하고 우리 학교에 첫 부임해 온 미술 선생님이 책을 보고 있길래 선생님 곁으로 가서 무슨 책을 보시나 슬며시 건너다보고 있는 나를 보고 선생님이 깜짝 놀라서, 팔에 왜 멍이 들었느냐고 물었다. 내 팔에 묻어 있는 숯검댕이 멍 자국인 줄 잘못 안 것이다. 나는 본능적으로 손가락이 입으로 갔다. 손가락 끝에 침을 묻혀 내 팔뚝의 검정이 멍이 아니고 숯검댕임을 보여주었다. 그런 내 모습을 가만히 바라보던 선생님이 무슨 마음 때문이었는지는 몰라도 불쑥 책을 건네주었다. 그렇게 나는 내 생애 처음으로 진짜 '책'을 만났다. 아궁이에 불을 때기 전에 물부터 퍼내야 하는 참담한 시간에 책을 봤던 것이 그때는 내게 무슨 영향을 주는 일일지를 알지 못했다. 그러나 나는 이제 말할 수 있다. '아궁이 물을 푸며 책을 읽는다'는 것은 정말로 필요한 일이라는 것을. 그로부터 아주 오랜 후에 내가, 책을 읽지 않는 우리 아이들한테 아궁이에 물이 찰수록 우리는 책을 읽어야 한다, 라고 말하자 아이들은 저희들이 쓰는 말로 '뭥미?' 하는 표정을 지어 보였다. 나는 더 설명하지 않았다. 그때, 텔레비전에서는 창이 큰 집에 사는 아이는 꿈도 크게 꿉니다, 그 집이, 그 차가 그 사람을 말해줍니다, 운운하는 광고가 한창 나오고 있었다. 나는 창이 초등학교 아이들 쓰는 스케치북만 한 집이나 아궁이에 물이 들어차는 집에 살았다. 그 아파트 광고대로라면 나는 어쩌면 그런 집에 살아서 꿈이 겨우 스케치북만큼밖에 안 되었던 것일까. 그 집이 그 사람을 말해준다는 말도 맞는 말일지도 모른다. 내가 팔뚝에 숯검댕 같은 것을 묻히고 다닌 것은 내가 분명히 아궁이에 물이 차는 집에 산다는 것을 말해준 것이었을 테니. 창이 겨우 스케치북만 하고 팔뚝에 숯검댕을 묻혀야 하는 집에 살았어도, 아니 그래서 나는 더욱더 기를 쓰고 책을 읽었던 것 같다. 하여간 그랬던 것 같다. 그때는 잘 몰랐지만, 나중에 생각해보니 그렇다. 아침에 밥해 먹으려면 아궁이에 물부터 퍼야 하는 생활이 뭐가 재미있었겠는가. 사방을 둘러봐도 재미라곤 없는 환경에서 그나마 유일하게 할 수 있는 것은 책을 보는 것뿐이었을지도.

아버지가 지은 '요상한 집'은 우리 땅에 지은 집이 아니었다. 그 집은 애초에 남의 대나무밭이었다. 땅 주인은 수시로 우리 집에 출몰했다. 그리고 대나무 이야기를 했다. 내가 이 대나무밭에서 나는 대를 팔아 우리 아들 대학 공부까지 시켰다, 내가 이 대나무밭에서 난 죽순을 팔아 우리 딸 시집 밑천을 했다……. 땅 주인에게 우리 집은 보이지도 않았던 모양이다. 땅 주인은 우리 집이 다 지어진 뒤에 와서 저렇게 대나무밭 이야기를 신나게 하고 싶어서 우리 아버지한테 집 지을 땅을 빌려주었던 것이 분명하다. 땅 주인은 자신이 우리 집 마루에 앉아 우리 집이 대나무밭이었던 시절 이야기를 유장하게 풀어놓을 때 우리 엄마와 우리 세 딸이 뭔지 모르게 불안해하는 눈빛을 보는 것이 좋았던 것일까. 하여간 땅 주인은 땅 주인 유세를 너무했다. 나는 도대체 아버지 딴에는 자신의 작품이라 자부하고 있는 것도 같았던 그 집에 정을 붙일 수가 없었다. 차라리 옛날 그 미운 부로꾸집이 그리웠다. 갖은 서러움 다 겪어내며 이제 겨우 적응할 만했는데, 미운 정도 정이라고 이제 정도 들 만큼 든 부로꾸집에서 나와 한옥도 아니고 양옥도 아닌 요상한 집에 이사를 들 때, 나는 울어야 할지 웃어야 할지 알 수 없어 헛간으로 기어들어가 혼자 외로워했다. 헛간에서 슬쩍 보니, 붉은 시멘트 기와를 얹은 아버지의 시멘트 한옥집이, 한옥 흉내만 낸 신버전의 부로꾸집이 나한테 살짝 미소를 보여주는 것도 같았다. 나는 헛간에서 훌쩍 나와서 이삿날이라고 모여든 동네 사람들한테 퍼다 줄 술을 가지러 신식 부엌 흉내를 내다만 이상한 부엌으로 쓱 들어섰다. 그렇게 그 집과 나는 첫인사를 했다. 그리고 일이 년 후, 비만 오면 웅덩이가 되던 구식 아궁이가 없어지고 연탄 보일러 아궁이가 설치되었다. 내가 광주서 고등학교 다닐 때 집에 와보니 그렇게 되어 있었다. 연탄 보일러라고 해봐야 별것은 없이 구들장 위에 파이프를 깔아 아궁이를 덥혀 더운물을 순환시키는 것인데, 그 연탄 보일러는 왜 그런지는 몰라도 자꾸 '에아'가 찼다. 엄마가 주인집으로 전화를 해왔다. 학생 전화 받아, 그리고 안방에서 마루로 전화기를 내주면, 조심스럽게 전화를 받는다. 엄마가 울먹울먹하면서, '보이라에 에아가 차서 방이 냉골'이라고 한다. 보일러에 에어가 찬 것이 아니라 보이라에 에아가 찼다는 엄마의 입에서 발음되어 나오던 그 '보이라 에아'는 내게 새로운 공포의 말이었다. 그놈의 보일러 속 공기, 보이라 에아란 녀석을 어떻게 잡을지 알 수도 없었으면서 나는, 엄마, 내가 다음 주에 집에 가서 한번 볼게.

집에 가서 한번 보겠다고 답해놓고, 전화 잘 썼습니다, 주인네에게 인사를 했다. 물론 그 뒤에 내가 보일러를 어떻게 했을 리 만무하다. 엄마가 돌아가시고 한참 뒤까지 나는 엄마가 '보이라 에아' 때문에 돌아가신 것만 같았다. 아버지는 '아버지의 작품'인 그 집에서 10년을 채 다 살지 못하고 돌아가셨다. 아버지가 돌아가실 무렵에 동네 집들은 입식 부엌과 기름 보일러가 들어오기 시작했다. 아파서 누워 있는 아버지 귀에도 보일러 업자의 마이크 소리가 들려왔던 모양이다.

"입식 부엌도 하고 지름 보이라도 놔야 하고, 헐 일이 태산인디 시방 내가 요러고 있다!"

아픈 아버지의 꿈은 우리도 남들처럼 입식 부엌에 기름 보일러를 놓는 것이었다. 그러나 아버지는 그 꿈을 이루지 못하고 돌아가셨다. 엄마, 아버지가 돌아가시고 그렇게 나의 고향 집 시절은 끝이 났다.

자주 '집 꿈'을 꾸었다. '보이라에 에아'가 차서 방이 냉골이라고 추위에 떠는 엄마 꿈, '입식 부엌에 지름 보이라'를 못 놔서 서러운 아버지 꿈. 꿈속에서도 나는 굳은 의지를 다지고 있다. 나, 언젠가 돌아와 아궁이에 물도 차지 않고 보일러에 에어도 차지 않은 번듯한 입식 부엌에 기름 보일러를 놓아드리리라. 엄마, 아버지가 이루지 못한 꿈을 이루리라. 그 꿈을 이루기 위해서라도 우선 나는 아궁에 물을 푸며 읽었던 책 몇 권 안고 집을 떠났다. 그 길이 고향에서의 삶의 끝이 될 줄 모르는 채로. 길고 긴 군사독재 시대의 뒤에 또 다른 독재가 시작될 줄 모르는 채로.

붕붕거리는 식당 방

내게 사실 도시는 그리 먼 곳이 아니었다. 동네 앞 신작로에서 버스를 타면 한 시간 거리쯤에 도시, 순천이 있었고 한 시간 반 거리에 광주가 있었다. 시간으로 따지면 그리 멀지도 않은 그 도시를 나는 그때까지, 그러니까 고등학교를 다니기 위해 짐 싸 들고 오기 전까지 딱 두 번 와봤었다. 광주의 신문사가 주최한 예술제에서 그림으로 입상하여 상을 받기 위해서 한 번. 그리고 아버지한테 무슨 일인가가 생겨 아버지 따라 한 번. 나뿐 아니라, 모르긴 몰라도 우리 동네 사람들, 우리 동네 주변 사람들, 그 시골 사람들은 다 그랬을 것이다. 도시는 주로 나쁜 일이 있을 때 출입하는 곳이었다. 약으로도 안 되고 읍내 병원으로도 안 되는 '중한 병'일 때, 약방 주인이나, 읍내 의사는 심각한 표정으로 말했다. 도시 큰 병원으로 가봐야 할 것 같습니다. 그들이 말하는 도시라 함은 순천이나 광주를 의미한다. 혹은 그런 일은 거의 없지만 그래도 사람 사는 일 중에 송사는 있는 법이므로, 바로 그 송사에 휘말렸을 때. 지금도 나는 잘 모르는 일이지만 무슨 일로인가, 필시 좋지 않은 일 건으로 아버지는 '법원' 일을 하는 먼 친척을 만나러 평소에는 입을 일이 없는 양복에 넥타이를 매고 광주에 갔다. 나는 또 어인 일인지는 몰라도 아버지를 따라나섰다. 아버지는 먼 친척이라고는 하지만 나는 처음 보는 아저씨를 광주 가톨릭센터 지하 다방에서 만났다. 그곳이 가톨릭센터 지하 다방이었다는 걸 아버지를 따라왔던 그때는 몰랐고 내가 광주에 와서 고등학교를 다니면서 시내를 갔다가 알았다. 아, 저곳이 내가 뭔가 안 좋은 일로 아버지를 따라와서 달콤한 음료를 먹었던 그곳이었구나. 달콤한 음료를 마시면서, 그러니까 속으로는 아주 행복해하면서 뭔가 안 좋은 일을 상의하는 아버지의 힘든 낯빛을 불안하게 살폈던 곳이구나.

하여간 나는, 광주에서 고등학교를 다니기 위해 고향, 시골을 떠났다. 떠난 뒤 다시는 돌아오지 못할 것은 아직 생각지 못하고. 도시로 가는 것이 좋은 것 같기도 하고 좋지 않은 것 같기도 했다. 시골을 벗어난다는 것이 어떤 해방감을 주기도 했지만 또 한편으로 뭔가 불안했다. 불안하고도 싫지 않은 묘한 기분, 아, 나도 이제부터 도시 사람이 되는 건가, 하는. 그렇게 짐을 싸 들고 미로 같은 골목을 들어와서 내가 살 셋집에 들어섰다. 그 집으로 들어서기 전 골목 입구에서부터 나는 문득, 내가 이제부터 흙 밟을 일이 별로 없겠구나, 느꼈다. 그것은 돌이킬 수 없는 대세였다. 이미 나 혼자 힘으로 어떻게 해볼 수 없는 시대의 완력이 내게까지 미쳤던 것이다. 나는 그저 그 완력이 작동하는 컨베이어에 실린 나약한 시골아이였다. 그리고 그런 시대는 목하 지금도 계속되고 있다. 자신의 의지로건, 시대의 완력에 떠밀려서건, 시골에서 도시로, 그리고 서울로의 이주 행렬은 더욱 가속화되고 있다. 떠나지 않고도, 제 난 곳에서 살아도 만족스러운 삶을 세상이 결코 허용하지 않는다는 것을 그러나 나는 그때 잘 알지 못했다.

자취방 대문을 들어서면서 나는 시골과 다른 그 집의 풍경 앞에서 좀 망연한 기분이었다. 저 많은 방들 중에 내가 들어갈 방이 어디인가, 일별할 시간이 좀 필요했다. 방은 이미 나보다 먼저 광주로 나온 언니가 살고 있는 방이었다. 그러니까, 그 방은 이제부터 10년이 넘는 기나긴 기간 동안 내가 떠돌 무수한 방, 집이 아니라, 방들 중 첫 번째 방이었던 것이다.

그 집은 내가 나중에 본 주말드라마 〈아들과 딸〉에 나왔던 집과 비슷한 모습이었다. 그 드라마를 보면서 들었던 생각은, 왜 우리들의 자췻집들은 다 비슷한가, 하는 것이었다. 시골 출신의 내 또래 사람들이 도시로 와서 맨 처음 살았던 집들은, 그러니까 대문간에서부터 방이 있다. 방 앞의 작은 툇마루, 연탄 아궁이가 있는 작은 부엌, 부엌 찬장, 쇠 불알처럼 생긴 '쇠때'로 잠그는 한옥 새살무늬 문, 책상과 비키니 옷장과 밥상, 윗목에 개켜진 시골에서 가져온 이불, 건전지를 고무줄로 묶어 쓰는 트랜지스터라디오, 시멘트 블록이 몇 장 깔린 마당, 마당 가운데의 수돗가, 마당 한

쪽에 뒹구는 아령, 시멘트 역기, 어느 방 사람이 끓이는 김치찌개 냄새, 어느 방 학생이 치는 기타 소리, 어느 방 아이의 아이 엠 어 보이……

나와 언니 방은 식당 방이라는 곳이었다. 주인이 그 집을 지을 때는 원래 식당 방으로 쓰려고 했는데 지방에서 올라오는 학생들에게 내준 방. 문간방은 원래 방이 없었는데 시골에서 올라온 학생들에게 세나 받아먹으려고 급조한 방. 창고 방은 원래는 창고였는데 시골에서 자꾸 학생들이 올라오고, 직공들이 올라오니까 부로꾸로 칸막이하고 연탄 아궁이 들여서 급히 만든 방. 원래는 없던 문간방이나 창고 방은 그래서 겨울이면 성에가 끼고 곰팡이가 폈지만 나와 언니의 방은 원래 방이라서인지 성에도 안 끼고 곰팡이도 안 피는 '방 같은 방'이었다. 다만 아쉬운 것은 부엌을 주인과 함께 써야 한다는 것. 밤이고 낮이고 부엌 쪽으로 난 작은 쪽문에 내가 얼마나 신경을 집중해야 했는지, 그것은 가히 초인적인 인내심 없이는 불가능한 것이었다. 주인아줌마가 음식을 할 때 나는 배가 고파도 참고 부엌으로 나가지 못했다. 조금만 시간이 더 가면 연탄불이 꺼질 것 같은데도 나는 방에서 꼼짝도 못 했다. 아줌마가 밥을 차려서 방으로 들어간 기척이 났을 때야 겨우 쪽문을 조용히 열고 나와서 후다닥 밥을 지었다. 후다닥 연탄을 갈았다. 어떻게나 모든 것이 후다닥이었는지 하루는 주인아줌마가 내 쪽문을 두드리며, 학생 밥은 해 먹고 다니는가? 반찬 없으면 우리 거도 꺼내다 먹고 그래이.

아줌마의 그 말에 내가 얼마나 놀랐는지, 내가 얼마나 겁먹었는지, 아줌마는 모르리라.

나는 이미 아줌마네 김치를, 아줌마네 젓갈을, 아줌마네 고추장 된장을 가져다 먹었다. 아줌마네 불붙은 연탄과 아줌마네 불 안 붙은 생 연탄을 가져다 썼다. 내가 왜 놀라지 않고 내가 왜 겁먹지 않겠는가. 아, 아줌마는 이미 다 알고 있구나. 알고 있어서 지금 나를 떠보려고 저런 말씀을 하시는구나. 그렇지 않다면 자기가 직접 주지 왜 나한테 가져다 먹으라고 하겠는가. 마당 수돗가에서 아줌마가 옆집 아줌마하고 나누는 대화를 들었다. 옆집 아줌마네도 똑같이 식당 방, 문간방, 창고 방을 만들어 세를 놓아먹는 집이다. 아줌마들은 내가 방에 없다고 여겨서 그런 대화를 했는지 있는 줄 알면서도 그랬는지, 나는 지금도 그것이 궁금하다. 그것이 알고 싶다! 아줌마들은 마당 수돗가에서 김치를 버무리면서, 이런 대화를 나누었다.

요새는 먹을 것이 푸생가리밖에 없어요(돈이 없어 고기는 못 사 먹고 풀만 먹는다는 다소 불만의 뜻일 듯).

그나마 겨우 먹는 푸생가리도 어느 인쥐가 솔개솔개 다 돌라 먹어부러.

그 집도 인쥐가 사는구만요.

내가 냅두고 보고 있구만. 저도 오죽하면 그럴까 하고.

우리 집 인쥐는 하매도 수놈인 것 같아요.

궁한디 수놈, 암놈이 있을라고?

하기는 그래요.

우리 집 아줌마는 나를 믿었던 것이 분명하다. 그래서 '수놈'인 것 같다고 하셨겠지. 그런데 옆집 아줌마의 돌발성 멘트로 인해 나에 대한 믿음에 약간의 의심을 가미하시려는 듯하다. 나는 그만 방문을 열고 내 기척을 내고 싶었다.

1부 • 나의 집과 시간들

그래서 그들이 나눈 대화를 부끄럽게 만들고 싶었다. 그러나 기실 나는 '부끄러운 짓'을 한 장본인이 아닌가. 용기가 없고 부끄럽고 참담하고…….

그래서 그해 5월 시민군들의 차를 얻어타고 시내에 나갔다가 받아 온 주먹밥을 집주인 아줌마한테 건네면서 나는 부끄럽고 참담했던 순간을 보상받고 싶은 심리가 작용했던 것이 분명하다. 사방이 막혀서 자취생은 물론이고 집주인네도 양식이 떨어져 끼니를 잇지 못하고 있는 형편이었는데 내가 받아 온 음식을 주자 아줌마가 고맙다고 하는 것이 나는 기뻤다.

학교에 있으면 늘 자취방 아궁이가 걱정이었다. 연탄불이 꺼졌을까, 다 타버렸을까. 아줌마가 혹시 우리 방을 열어보면 어쩌나, 이번 달 수도, 전기, 오물세는 또 얼마나 나올까, 이제 다시는 훔쳐다 먹지 말아야 하는데, 시골집은 언제 갈까. 보일러 에어는 어떻게 됐을까, 엄마가 안 아팠으면 좋겠는데, 우리 집 콩 농사가 잘돼서 돈 달란 소리 안 해도 엄마가 돈을 주면 좋겠는데…… 그런 생각들이 머리에 가득 차서 선생님이 뭐라 하는지 눈앞이 멍했다. 특히 수학 시간이면 더했다.

수업을 마치면 누가 기다리는 사람도 없는데 자취방으로 내달렸다. 연탄불 때문이었을까, 아니면 또 무언가 다른 일이 있었던 것일까. 내 머릿속은 어인 일인지 늘상 붕붕거렸다. 뭔가로 붕붕거렸다. 갑자기 몰려온 자동차 소리, 사람들의 물결, 높은 건물, 딱딱한 아스팔트, 그리고 그 위에 돈 걱정이 덮씌워져서.

푹신하고 고요한 흙의 세계를 떠나 오래 지속될 붕붕거리는 세계로 막 진입한 내 심장은 그렇게 붕붕거리는 머리를 이고 뛰기 시작했던 것이다. 알 수 없는 불안으로, 알 수 없는 설렘으로 붕붕거리고 웬만해서는 결코 멈추지 않을 두근거림으로 가득할 시간들을 잉태한 첫 둥우리, 내 첫 번째 방, 그 식당 방. 엄밀히 말하면 나는 지금도 그 식당 방 학생인지도 모른다. 뭔가 항상 용기 없고 부끄럽고 참담해하면서 살아가는 것이 영락없이 그렇다.

울음으로 꽉 차서 매정한 방

세상에는 '기숙사'라는 곳이 있다. 요즘에는 기숙사 학교, 기숙사 학원이 있다고 했다. 지금도 있는지는 모르겠지만, 지금 기숙사 학교, 기숙사 학원에 다니는 학생들 또래의 사람들이 한때는 공장이나, 회사에 딸린 기숙사에 기거하며 돈을 벌어야 했던 시절이 있었다.

입학한 대학을 계속 다닐 형편도 안 되고 재미도 없어 1학년 1학기를 끝으로 학교생활을 끝냈다. 나는 이제 학생이 아니라 일반인, 그리고 내 나이 스무 살. 고등학교를 졸업한 스무 살짜리가 어디 가서 어떻게 돈을 벌어 살아야 할지 막막했다. 서울로 가는 기차에 무작정 몸을 실었다. 서울 어디로 갈 것인가. 기차를 탄 순간까지 아무 생각이 없었다. 무조건 광주를 떠나고 싶다는 생각뿐. 기차 안에서 문득 떠오르는 서울 사는 사람의 유일한 연락처. 호남선의 종착역인 용산에 내려 공중전화로 전화를 했다. 그래서 간 곳이 정릉. 사람들은 서울에 있는 공장 하면 구로공단을 떠올릴 테지만 내가 간 곳은 미아리고개가 가까운 정릉이었다. 여자 속옷을 만들어 수출하는 공장이었는데 초등학교 마치고 서울로 올라온 내 이종사촌이 그곳에 있었다.

사촌은 어느 결에 익힌 깔끔한 서울 말씨로, 미아리 대지극장 앞에서 내려 마을버스를 타고 정릉 언덕배기 끝까지 올라오라고 한다. 지가 좀 마중을 나와줄 수도 있으련만, '얄짤'이 없다. 서운한 기분을 안고 더듬더듬 동생이 일하는 정릉 꼭대기 공장을 찾아 들어갔다. 우선 잠잘 곳이 필요했으므로.

공장은 큰 창고 같았고 기숙사는 원래는 부잣집 저택인데 개조한 것 같았다. 1층은 식당이고 2층이 아가씨들 (그때는 소규모 공장 여성 노동자들을 그렇게 불렀다) 숙소인데,

그 숫자를 가늠할 수 없게 바글바글했다. 칸칸이 나누어진 회색 철제 캐비닛이 아가씨들 머리맡에 세워져 있었다. 전라도 곡성에서 올라온 열아홉 살 선숙이 아가씨, 강원도 홍천에서 온 열일곱 살 경숙이 아가씨(나이는 따지지 않고 그냥 이름 뒤에 무조건 아가씨를 붙인다), 충남 서천에서 온 열다섯 살 미숙이 아가씨, 스물네 살 서울 아가씨인 재란 언니…… 나는 전라도 곡성에서 온 선숙이 친척 선미 아가씨(가명을 썼다). 대부분은 스무 살 언저리지만 또 스무 살 아래 열몇 살짜리들도 상당수였다. 그러나 열몇 살이라 해도 다들 나보다는 일머리가 베테랑들이었고 세상살이에 노련했고 물정이 훤했고 생각도, 행동들도 야무졌다. 그 열몇 살짜리 아가씨들과 나를 비교해서 내 형상을 말하자면, 촌뜨기, 어리숙이라는 말로도 부족할 성싶다. 초등학교만 졸업하거나, 졸업도 못 하고 서울로 온 아가씨들 중의 한 사람이었던 선숙이도 사실은 나보다 한 살 어린 열아홉 살이다. 정릉 꼭대기 공장의 기숙사 방에서 맞이한 첫날 아침의 공기는 뭔가 건조하고 뭔가 선뜩하고 뭔가 쌀쌀맞은 냄새가 났다. 밤에는 멋모르고 들어와 사촌 옆에서 자고 일어나 보니, 여염집 안방만 한 방은 사람을 무한정 수용하는 고무줄 방이었다. 이름은 기억나지 않지만 굳이 이름을 붙이자면 일찍이 열세 살에 전라도 임실에서 올라온 스물두 살 정옥이는 아직 눈도 뜨지 못한 내 머리맡에서 아침부터 껌을 딱딱거리며 드라이어기로 머리를 말렸다. 한겨울인데도 머리를 말리고 화장을 하는 아가씨들은 하나같이 속옷 차림이다. 기숙사에는 화장실이 하나뿐이라 아무리 여자들끼리지만 한옆에서 용변을 보는데 한옆에서 목욕을 하는 풍경을 보는 것은 민망하기 그지없다. 아가씨들은 나가면 금방 먼지를 뒤집어쓸 테지만, 지극정성으로 화장을 한다. 화장은 아가씨들이 매일 아침마다 드리는 예배 같다. 캐비닛 안은 각자 요령껏 옷 칸, 화장품 진열 칸, 잡다한 물건 쟁이는 창고 칸으로 나누었다. 내 캐비닛엔 옷도 화장품도 없는데 책만 한두 권 있는 것이 나는 부끄러워 되도록 아가씨들이 모두 화장을 끝내고 아래층 식당으로, 공장으로 나간 뒤에 후다닥 세수를 하고 뛰어 내려갔다. 주말이면 아가씨들은 목욕을 갔다 와서 나이트클럽을 갔다. 그때나 나는 겨우 책을 펼쳐볼 수 있었는데, 대부분의 아가씨들이 빠져나간 기숙사 방은 봉제 공장에서 딸려 온 먼지 냄새, 아래층 식당에서 올라오는 특유의 메마른 기숙사용 음식 냄새, 아가씨들이 남겨놓은 지분 냄새, 인조견 속옷 냄새, 노동에 찌들었어도 어쩔 수 없이 품어져 나오는 아가씨들의 살냄새, 머리 냄새, 그 모든 냄새들이 뒤섞인 냄새들로 두통이 몰려왔다. 어디서 왔다는 말을 절대 하지 않는 열일곱 순분이는 누가 보는 것도 아닌데, 제 캐비닛 문으로 제 모습을 은폐하고서 초코파이를 뜯어 먹었다. 파마를 하고 온 경숙이는 미아 시장에서 사 온 설에 고향 집에 입고 갈 투피스를 입었다 벗었다 하다가 내가 책을 읽든 말든 카세트를 크게 틀어놓고 노래 연습을 했다. 경숙이가 내 입장에서는 무례하게 군 것은 내 책 읽는 꼴이 왠지 모르게 기분 나빠서, 혹은 눈꼴이 셔서 그랬다는 사실을 나는 나중에 눈치로 알았다. 온 세상의 기숙사 방에서는 모든 것을 눈치로 때려 잡아야 한다. 눈치로 깨쳐야 한다. 그것이 기숙사 방의 철칙이다. 아무도 동정하지 않고 아무도 서로에게 관심 없어 하면서 모두가 서로를 불쌍히 여기고 모두가 서로에게 눈치를 준다. 기숙사 방이 그런 곳이라는 걸 눈치가

빠른 사람은 일주일 안에도 깨치지만 나 같은 촌뜨기는 조금 더 걸릴 수도 있다. 예전 시골집에서 아궁이 물을 푸며 읽었던 책, 자취방에서 배 깔고 읽었던 책들은 절대 기숙사 방에 펼쳐놓아서는 안 된다. 기숙사 방에 펼쳐놓아도 좋은 책은 따로 있다. 당대 가장 잘나가는 베스트셀러 소설 정도는 괜찮다. 그러니 되도록 책보다는 노래를 하는 게 좋다. 조용필의 〈허공〉이나 김범룡의 〈바람 바람 바람〉 같은 것을 그저 나오는 대로 흥얼거리는 것이 좋다. 책 이야기보다 나이트클럽 이야기가 더 낫다. 단발머리보다 파마머리가 더 낫다. 기숙사 방에서는 절대로 울면 안 된다. 울면 자기만 손해다. 아무도 왜 우는지 물어주지 않기 때문이다. 울고 싶으면 조용히 기숙사 방을 나가 공장 대문 건너편에 있는 구멍가게에 가서 초코파이를 사서 뜯어 먹으면 된다. 혹은 열일곱 살 순분이처럼 제 캐비닛 문짝으로 몸을 가리고서 먹든가. 누군가 울면, 우는 것을 보는 것은 신경질 나는 일이다. 그래서 더욱 매정해져야 한다. 울음에 매몰차게 굴어야 내 울음을 들키지 않을 수 있다는 것을 우리의 베테랑들은 일찍이 열몇 살 때부터 기숙사 방에 살며 깨쳐온 셈이다.

　기숙사 방은 낮에는 문이 잠겨 있다. 밤샘 작업을 할 때가 많은데, 그럴 때도 기숙사 방은 잠겨 있다. 하여간 아가씨들이 일할 때는 잠겨 있다. 아파서 일을 못 하는 사람도 기숙사 방에 들어가 쉬지는 못하고 공장 한켠에 딸린 방에서 쉬어야 한다. 기숙사 방 아가씨들 중 가장 나이가 많은 스물네 살 재란 언니만 일하는 시간에도 기숙사 방에 들어갈 수 있다. 그녀는 기숙사 방의 주인 같다. 새벽 두세 시까지 일하고 돌아온 아가씨들 머리는 실밥과 먼지가 내려앉아 흰머리가 된다. 재란 언니는 아가씨들이 머리를 털지 않고 기숙사 방문을 열고 들어오면 자기가 무슨 공장 주인인 것처럼 날카롭게 화를 낸다. 새벽 두세 시에 들어와도 아가씨들은 씻고 밤 화장들을 한다. 그러고 나서 또 노래까지 하다가 잔다. 내가 눈떠 보면 아가씨들은 또 언제 일어났는지 용변 보는 한옆에서 목욕을 하고 머리를 감고 속옷 바람으로 화장을 한다. 아가씨들의 머리카락에서 떨어지는 물방울이 내 얼굴로 떨어지고 아래층 식당에서는 임연수 굽는 냄새가 올라온다. 나는 그 임연수가 어떤 맛인지 안다. 퍽퍽하고 질기고 약간 황태 냄새가 나는 맛이다. 겨울의 초입에 서울에 와서 그곳 공장과 기숙사 방에서만 한겨울을 다 보내고 난 어느 날 아침 아, 봄이구나, 봄이 왔구나, 느꼈다. 그뿐이었다. 그런데, 다음 순간, 울음이 목구멍 끝까지 꾸역꾸역 차오르기 시작했다. 더 이상은 울음을 참아낼 수 없음을 감지했을 때, 식당에 내려가지 않고 짐을 꾸렸다. 짐이라고 해야 별것도 없다. 책하고 옷가지 한두 벌이다. 짐을 꾸리고 못 받은 노임은 받을 생각도 안 하고, 사촌에게 간다는 인사도 없이 그냥 그대로 정릉 꼭대기, 주택인 듯 공장인 듯 이상한 집에서 나와 하염없이 밑으로 밑으로 내려갔다. 내려가서 큰길이 나오자 택시를 탔다. 택시를 타고 강남 버스 터미널로 가서 광주 가는 버스를 탔다. 내가 정릉 공장 기숙사 방에서 두 달을 채 못 견디고 자취방으로 회귀했을 때 나는 알았다. 광주고속 안내양인 언니는 지금 3년을 안내양 숙소에서 살고 있다는 것을. 울어도 절대로 아무도 봐주지 않는 기숙사에서 언니는 아무리 늦게 들어와도 세수하고 노래 부르다가 새우잠을 자고 다시 일어나 세수하고 화장하고 근무를 서는 생활을 하고 있다

1부 • 나의 집과 시간들

는 것을. 그 기숙사 방 아가씨들은 지금 어디에서 어떻게들 살고 있을까. 절대로 울지 않아야 할 만큼 울음으로 꽉 차 있던 그 아가씨들은. 기숙사 방 같은 이 매정한 세상을 어떻게 견디고들 살고 있을까. 기숙사 방같이 울음으로 꽉 찬 이 세상을 다들 잘도 견디고 살고 있는데 나만 그러지 못하고 자취방같이 굴속 같은 곳으로만 자꾸 기어들고 싶어 하는 것이 아닌가. 못난 나만.

기린처럼 긴 집

그곳의 복도는 길다. 건물 중간에 난 계단을 분기점으로 난 기인 복도를 따라 아홉 평짜리 집들이, 방이라고 해도 무방할 집들이 촘촘히 늘어서 있다. 그곳에는, 이런 사람들이 산다. 그 사람들을 행정 용어로는 '저소득 취약계층'이라 한다. 예전에는 그들을 '영세민'이라고 했다. 소득이 적거나 없는 노인 가정, 장애인 가정, 아이(들)와 엄마로만 이루어져 있는 모자(母子) 가정(아이와 아버지로 이루어진 가정이 있었겠지만 내가 들었거나 본 적은 없다)들이 그곳에 입주할 수 있는 최소한의 자격이다. 그러나 나중에 듣기로는 소득이 적지

　　　　　　　　　　　　　　1부·나의 집과 시간들

않은데도 들어와 사는 사람들이 있다는 소리(주로 고발성 뉴스)도 들었다. 그 집은 사고팔고 할 수 있는 집이 아니다. 물론 개인이 임대를 할 수도 없는 집이다. 그러나 누군가는 은밀히 임대를 한다는 소문도 있었다. 모자 가정이었던 나는 1992년 봄부터 1994년 겨울까지 그곳에 살았다. 그 집의 이름은 영구임대아파트. 사는 사람이 나가지 않는 한 계속 살 수 있는 집이라는 의미지만 사람들은 그 집을 줄여서 그냥 '영구'라고 불렀다. 영구에 사는 사람들은 때로 코미디 프로의 영구가 되어야 했는데, 나도 수많은 영구 중의한 영구가 되어 그곳에 살며 단편소설 〈목마른 계절〉과 장편소설 《오지리에 두고 온 서른 살》을 썼다.

　아이들은 긴 복도를 따라 놀았다. 아이들이 복도에서 놀면 온 아파트가 다 울렸다. 아이들의 울리는 목소리는 마치 작은 짐승들이 우는 소리 같았다. 복도에서 울리는 아이들 소리는 한편으로 생기롭고 한편으로 무서웠다. 아이들은 어른들을 행복하게도 하지만 무섭게도 한다. 영구임대아파트 복도에서 작은 짐승처럼 노는 아이들을, 그 무서운 종자들을 나는 어찌해야 할 바를 모르고 바라보기만 했다. 나는 그때 작가라는 호칭이 아직도 어색한 갓 서른 살의 신출내기 작가였다. 앞으로 내가 글만 쓰고 살아도 생계가 해결될지, 그렇지 않으면 어디 취업을 해야 할지, 사는 일의 불안과 생활고가 내 무섬증의 실체였을 것이다. 그 집은 밖에서 보면 넓어 보인다. 밖에서 보면 스무 평 아파트처럼 보인다. 그러나 자세히 보면 그 스무 평의 중간쯤이 막혀 있다는 것을 알 수 있다. 막혀 있는 베란다. 정확히 반분되어 헐한 베니어합판 같은 걸로 막혀 있다는 것, 그것이 영구의 서늘한 사실이다.

문학 계간지에 소설을 처음 발표하고 나서 286 컴퓨터 앞에 앉았으나 무슨 이야기를 어떻게 써야 할지 막막하였다. 컴퓨터는 전원 스위치를 누르면 위잉, 소리가 크게 났다. 마치 공장이 가동되는 느낌이었다. 글 공장. 그 얼마 전에 나는 구로공단에서 봉제 공장을 다녔었다. 뽑아져 나오는 것은 달라도 나는 컴퓨터에 전원이 들어오고 위잉, 소리가 나면 나도 모르게 입을 앙다물었다. 이 일이 힘들다고 그만두면 나와 아이들이 굶게 될까 봐, 컴퓨터라는 글 뽑아져 나오는 기계 앞에서 서른 살의 나는 얼마나 긴장했던가.

긴장하면서 또 그 긴장하는 힘으로 한 편 한 편 소설을 써 내려갔다. 안 써져도 쓸 수밖에 없었다.

단편 〈목마른 계절〉 속의 그녀, 현순 씨는 내 옆집의 옆집에 살았다. 그녀는 조그만 지하 카페를 운영하며 아이 셋을 혼자서 키우고 사는 나 같은 모자 가정의 가장이었다. 내 아이 둘과 현순 씨의 어린 딸 향이는 엄마들의 방치 속에 기린처럼 긴 복도를 기를 쓰고 악을 쓰며 뛰어다니다가 지치면 돗자리를 깔아놓고 소꿉놀이를 하며 놀았다. 현순 씨는 어린 딸을 내게 떼어놓고 카페로 돈 벌러 나가고 나는 처음 써보는 장편소설을 쓰느라 낑낑대는 나날이었다. 이따금 영업을 끝낸 현순 씨가 부르면 광주공원 포장마차에 가서 밤술을 마셨다. 밤술을 마시노라면 나의 막막함, 나의 공포는 조금 잦아들었다. 나의 기인 막막감, 나의 기인 공포가 술기운에 시무룩 고개를 꺾었다.

그 집의 마당은 복도보다 더 길다. 동쪽 끝에서 서쪽 끝까지 아스팔트가 빈틈없이 덮여 있다. 풀 한 쪽도 나오지 못하도록 꽝꽝 덮고 있다. 새벽에 나가 보면 동쪽 끝에서 서쪽 끝까지 아스팔트 위에 늘어서 있는 온갖 종류의 탈것들, 자동차, 자동차 중에서도 트럭, 덤프트럭, 컨테이너, 레미콘, 지게차 등등, 어디서 왔는지 모를 차들이 동시에 움직인다. 새벽에 일 나가야 먹고살 수 있는 사람들의 차인데 영구에 사는 사람들의 차인지 아닌지 알 수 없다. 새벽에 차들이 나가는 순간은 거의 전쟁터에 출전하는 광경을 방불케 한다. 고단해도 힘차고 힘차도 허전하다. 산다는 것은 늘, '내가 알 수 없는, 말할 수 없는, 복잡다기하고도 단순한, 감정' 속에서 이루어지는 것. 산다는 것은 죽음을 염두에 두는 것, 죽음을 향해 가는 것이 사는 것, 태양이 없으면 사람은 죽고 사람을 살리는 태양은 사람을 늙게 하고 끝내는 죽음으로 인도하는 것…… 웅웅거리고 꽝꽝거리고 덜커덕거리고 삑삑거리는 영구의 새벽 마당을 바라보며 그런 생각을 했던 것 같다. 맥락 없는 것 같으면서도 고요와는 거리가 먼 그 새벽의 '생을 향한 질주'의 풍경 앞에서 저절로 생겨났다 스러지는 생각들 말이다. 그리고 미스 조! 내 소설 속에서는 현순 씨의 카페에서 일하는 미스 조. 그녀의 집은 내가 사는 301호에서 열몇 개를 올라가야 했으니 1301호였을까. 나는 그녀를 소설 속에서 '미스 조'로 이름 붙였다. 어느 날, 영구 마당의 온갖 쿵쾅거리고 덜커덕거리고 삑삑대는 탈것들이 모두 일하러 가고 아이들도 어린이집에 나가고 조용한 어느 오전 나절에 미스 조는 몸을 날렸다. 누가 떨어졌다! 죽었다!는 외침에 달려 나가 보니 그녀가, 미스 조가 차가운 시멘트 바닥에…….

그녀에 대해 더 기술하는 것은 폭력이리라. 한 사람과 한 사람이 살았던 시간들에게 나쁜 짓이 되리라. 그래서 그녀에 대해 더 말하지는 않겠다.

낮에는 마당이라기보다 광장인 영구의 긴 마당이 텅 빈다. 빈 광장이 아까워서인지 가끔 영구 사람들이 잔치를 벌인다. 천막을 치고 그 아래서 막걸리에 김치 잔치를 벌인다. 잔치에 노래와 춤이 빠질 수가 없는데 그런 날은 복도에서 작은 짐승들 소리로 놀던 영구 아이들이 영구 노인들과 어울려 춤을 춘다. 그럴 때, 아이들은 나비가 된다. 내 어찌 저 고운 아이들을 작은 짐승이라 했나, 내 어찌 저들을 무서운 종자라 했나, 가슴을 친다. 어찌해야 할 바를 모르고 속수무책 바라만 봤던 순간을 반성하며 나는, 손을 불

끈 쥔다. 아, 글이라도 써서 저 고운 아이들을 먹이고 입히고 마른 이부자리에 재워야지. 그렇게 하지 않으면 나는 나쁜 인간이다, 나는 '죄로 가는' 것이다, 라는 자각이 그때 들었다. 내 나이 서른 살이었다. 나는 그때, 서른 살의 '어린 어미'였다.

근 20년 만에 그곳에 갔다. 설마설마하며 갔는데, 그녀, 현순 씨가 그곳에, 예전에 내가 살던 103동 301호 옆의 옆 303호에 그대로 살고 있었다. 나이 마흔이던 현순 씨는 이제 육십이 되고 열일곱이던 그녀의 큰딸 잔디는 서른일곱이 되고 여섯 살이던 향이는 스물여섯이 되었다. 그러나 20년이 되도록 그들은 그곳에 예전 그대로 살고 있었다.

무슨 일이 일어나서 무서운가?

인생이 무서운 것은 무슨 일이 반드시, 기필코 일어나서인 게라고만 여겼다. 그러나 20년 만에 그곳, 복도가 기린처럼 긴 집에 가보고서 알았다. 20년 동안 아무 일도 일어나지 않아서도 인생이 무서울 수 있다는 것을. 물론 무슨 일인가가 일어났을 것이다. 듣지 못하고 말하지 못하지

1부 • 나의 집과 시간들

만 잔디도 사랑도 하고 이별도 하고 지금 또 다른 사랑을 준비하고 있을 수도 있다. 현순 씨도 마찬가지다. 그런데 그들을 본 순간 나는 지난 20년간 그들에게는 아무 일도 일어나지 않았는데 내게만 지독히도 많은 일들이 일어난 것만 같았다. 그들에게 아무 일도 일어나지 않은 것 같아 무서웠고 내게 너무도 많은 일들이 일어난 것이 무서웠다. 인생은 이래도 저래도 무서운 것인가.

'인생은 무서운 것'이라는 기본 인식을 깔아놨을 때에야, 비로소 '인생을 향한' 몽매(夢寐)로부터 벗어날 수 있을 것 같기는 하다. 특히 작가가 직업인 사람이, 인생 찬가를 부르기에는 좀 낯간지러운 측면이 없지 않다. 영화 〈인생은 아름다워〉를 봐도, 제목과는 다르게 상황은 얼마나 신산스러운가.

현순 씨의 집을 나서는데, 손재주가 좋은 잔디가 화병 받침을 준다. 하얀 아사 천에 노란 수선화가 초록 이파리를 달고 피어 있다. 아, 잔디는 풀이라고는 없는 영구임대아파트에서 수선화를 키웠구나, 기인 복도를 울리던 아이들이 자라 어른이 되어 적막해진 복도에 초록 잎을 달고 노란 수

선화를 키웠구나. 노래하고 춤추던 노인들은 죽고 적막해
진 영구임대아파트 긴 마당에 잔디는 초록 잎을 단 노란 수
선화를 피웠구나. 잔디는 수선화를 키우며 살고 있었구나.
외롭고 간절한 잔디의 꿈, 수선화.

어둠이 내린 영구임대아파트 잔디의 수선화 꽃밭으로
매끈한 승용차들이 미끄러져 들어오고 있었다. 트럭도, 컨
테이너도, 지게차도 보이지 않았다. 동쪽 끝과 서쪽 끝의 경
비실에서 진짜 영구의 차인지, 아닌지를 CCTV로 점검하
고 있었다. 잔디는 길게 목을 빼고 들어오는 차들을 가리킨
다. 저것은 빨간 수선화, 저것은 주황 수선화…….

세상의 긴 것들은 외롭고 간절하다. 긴 목을 가진 기린
이 그런 것처럼. 세상의 긴 것들은 간절해서 외롭다. 영구
임대아파트의 잔디가 그런 것처럼.

2부

○

집을 찾아서

내가 '집'을 떠난 때는 열일곱 살 때다. 아버지가 지은 부로
꾸벽에 시멘트 기와를 얹은 겉모양만 한옥이었던 집을 떠
나 고등학교를 다니기 위해 광주로 온 것이 내가 나의 부
모가 마련해준 집에서 사는 삶을 공식적으로 마감한 때이
기도 하다. 물론 이후에 광주의 무수한 자췻집들도 부모가
준 돈으로 얻은 것이지만 말이다. 열일곱에 집을 떠나 수많
은 곳을 흘러 다녔다. 고향 곡성에서 광주로 여수로 춘천으
로 전주로 일산으로 심지어 독일 베를린까지. 베를린에서
돌아와서 내게 절실했던 것은 집이었다. 이제는 정착해서

죽을 때까지 살 집. 60년대 말에 담양 무월리라는 산골 마을에서 태어나 간호조무사로 독일로 가서 지금은 함부르크에서 살고 있는 재독 화가 송현숙이 만든 〈집은 어디에〉라는 영화를 본 적이 있다. 그녀에게도 평생의 화두가 집이었던 모양이다. 고향과 가족을 떠나 다른 나라에서 산 사람에게 타국은 결코 고향이 될 수는 없을 터. 그녀에게 고향 무월리는 언제든지 돌아갈 곳, 돌아가야 할 곳, 돌아가고 싶은 곳이었을 것이다. 독일로 간 무수한 송현숙들에게 '돌아가고 싶은 무월리'에의 꿈이 그들로 하여금 이국의 고독을 견디게 하는 힘이 되었을 것이다. 그리고 송현숙은 드디어 고향으로 돌아왔다. 그런데…… 송현숙에게 돌아온 고향은, 돌아온 무월리는 그가 떠나고 나서 한시도 잊지 못했던, 잊을 수가 없었던, 기어코 돌아오고 싶었던 그 고향이, 그 무월리가 아니었다. 정지용의 시구절처럼 '그리던 고향'이 아니었다. 결론을 말하자면, 송현숙은 이제 영화에서 담담히 말하고 있었다. 내가 돌아갈 '집'은 지금 살고 있는 독일 함부르크, 그 숲속의 집이라고.

수년 전 화가의 집을 방문한 적이 있었다. 정말 놀라웠던 것이, 먼 이국의 외딴 숲속집인 그곳에 예전에는 이곳에 있었지만 지금은 없는 한 풍경이 펼쳐져 있던 것이었다. 먼 도시, 함부르크에 송현숙이 떠났던 60년대 말의 한국이, 담양 무월리가 있었다. 대숲, 장꼬방, 장꼬방 둘레에 지천으로 핀 토종 봉숭아, 채송화, 벌이 잉잉거리는 벌통, 지가 절로 난 들깻잎…… 송현숙은 돌아갈 곳이 없어진 대신에 자신이 사는 이국의 집을 꿈에도 돌아가고 싶었던 고향 집처럼 만들어놓았다. 정작 지금 이곳에서는 없어져버린 먼 옛날 송현숙의 고향 집이, 60년대 한국 시골집 풍경이 그곳에 있었다. 그러니, 그녀가 돌아갈 곳은 이곳이 아니라 당연히 그곳이라 할 수 있지 않겠는가.

　아, 집. 나는 이국에서 돌아와도 내가 내 짐들 아무렇게나 부려놓고 살아도 될 집이 없다는 사실이 무척이나 외로웠다. 집은 있었다. 내가 너무 먼 곳을 떠돌다 돌아와 몸을 의탁한 곳은 '동산파크'라는 일견 예쁜 이름을 가진 3층짜리 연립주택이었다. 일산 살다 베를린으로 가기 위해 얻었던 광주 지산동 언덕배기 집. 지은 지 40년쯤 된 집. 근처에 법원이 있어서 막 지었을 때는 법원 판사 검사들이 많이 살기도 했다는 집. 그러나 내가 살 때는 더 이상 어디로 이동해갈 만한 여력이 없는 노인들이 연립주택 뒤편의 나대지를 개간한 텃밭을 가꾸며 사는 동네의 집. 자신이 가꾼 밭을 남이 침범했다고 새벽부터 싸우는 소리에 잠이 깨는 집. 노인들은 잠이 없어 너무 일찍 일어난다. 일찍 일어난 노인들은 하루 할 일을 새벽에 다 한다. 일도 새벽에 하고 싸움도 새벽에 한다. 할 일도 싸울 일도 없으면 텔레비전을 켠다. 나는 새벽 댓바람부터 울려 퍼지는 텔레비전 소리 때문에 위층 노인들 집의 초인종을 수시로 눌러야 했는데 초인종 소리마저 노인들은 텔레비전에서 나는 소리인 줄 아는지 도무지 기척이 없곤 했다. 위층에서 나는 소리들이라고 해서 다 나쁜 것은 아니었다. 노인들이 다투는 소리, 노인들에게 가끔 오는 노인들의 손주들일 아이들이 내는 온갖 소리들은 동산파크와 잘 어울리는 듯했다. 낡은 동네, 낡은 집에 사람 소리 안 나도 나간 동네, 나간 집 같지 않겠는가. 그러나 바퀴벌레는 정말 싫었다. 밤이면 오래된 집 벽

틈마다에서 특히 부엌 쪽에서 출몰하는 바퀴벌레들은 사실 아무 죄가 없는 존재들인데도 다른 사람들이 바퀴벌레에 갖는 혐오감이 정당한 것이라는 것을 인정하지 않을 수 없는 것이 그것들은 왜 컴컴할 때만 역사를 하는지 모르겠단 말이다. 그것들은 왜 지저분한 곳만 찾아 희희낙락하는지 정말 정말…… 하여간 그것들은 그래서 나를 분노하게 했다. 그러나 그 분노 또한 짐짓 과장된 것일 수도 있다. 위층 노인들이 틀어대는 새벽 댓바람의 텔레비전 소리, 오밤중에 내 신경을 자극하는 바퀴벌레들, 이따금 한 번씩 고장이 나주는 수도꼭지, 변기, 전등, 곰팡이가 자주 끼는 벽지……들 때문에 좀 불편하긴 해도 남의 집에 사는 일은 사실 속 편한 일이기도 했다. 내 책임하에 있는 집이 아니므로 어디가 고장이 나도 그리 신경이 날카로워질 필요가 없었다. 동네 주민들의 평균 나이보다는 젊은 축에 속하는 집주인은 다행히도 그리 까다로운 사람이 아니었다. 한 뼘의 땅이라도 더 확보하기 위해 싸움도 불사하는 노인들의 경작지를 피해 일군 텃밭에서 기른 채소들을 가져다주기도 했다. 좋은 집주인을 만나는 것은 세입자에게 행운이다.

뭐가 고장 나도 집주인에게 말하기가 수월하기 때문이다. 좋은 편에 속한 집주인의 세입자로 살면서 세만 밀리지 않고 낼 수 있을 만큼의 수입이 꾸준히 있다면 내 집이 없어도 괜찮을 것 같았다. 그런 생각 한켠에 나는 내가 내 집을 못 가져서 마음의 길거리를 서성이고 있다는 것도 알고 있었다.

나에게 내 집이란 어떤 집인가. 내게 내 집이란 어떤 집이어야 하는가. 내게 집이란 무엇인가. 어디로 떠나도 언제고 돌아올 수 있는 집, 나와 오랜 세월을 함께한 내 물건들이 편히 자리 잡고 있는 공간, 그곳이 내 집이라고 나는 생각했다. 가지고 있다가 값 오르면 팔고 나올 '부동산'이 아닌, 비 오는 날의 우산으로서의 집. 눈 오는 날의 베이스캠프.

간편하게 살자, 라는 모토에 공감하면서도 나는 사실 그리 간편하게 살지 못했다. 산다는 것은 짐을 늘려가는 과정에 다름 아니었다. 내가 짐을 늘리고자 하는 의지가 없었음에도 살다 보니 짐이 늘어났다. 짐들은 일정 기간 함께 있으면 한 식구가 된다. 짐들이 무슨 생물이나 되는 것처럼 외출에서 돌아오는 나를 반겨주는 것 같았다. 나는 그런 짐들을 쉽게 버릴 수가 없었다. 어느 땐가는 간편하게 살자, 단순하게 살자, 비우는 것이 채우는 것이다, 소박한 삶이라는 말들에 마음이 격하게 기울어, 내가 가진 짐들이 미워진 적도 있었지만, 정이 든 그것들을 나는 차가운 길바닥 아무 데나 버릴 수가 없었다. 짐들은 그렇게 내 일부가 되어갔다. 내가 이동하면 나의 짐들도 나와 함께 이동해야 하는 것이 나는 다정하게 여겨지다가도 역정이 났다. 어느 날 아침, 무거워질 대로 무거워진 그것들을 끌고 어디로, 어딘가로 끝없이 이동할 자신이 없어졌다는 것을 나는 느꼈다. 잠자리에서 일어서는데 몸 어딘가가 휘청하면서 퍼뜩 그런 생각이 들었던 것이다. 이제 그만 떠돌아야겠다!

유월의 일요일. 광주 지산동 동산파크 집은 광주의 동쪽에 있다. 동쪽 집에서 법원 쪽으로 내려오다 농장 다리를 건너 줄곧 서쪽을 향해 걸어오다 보면 대인시장이 나온다. 대인시장에서 몇 가지의 찬거리를 샀다. 시장에 올 때는 빈손이어서 가볍게 걸어왔지만 손에 파와 시금치와 참외 같은 것들이 든 검정비닐 봉지가 들려 있어 버스 오기를 기다리고 있는데 문득, 정류장 안내판에서 수북이라는 지명을 발견했다. 수북. 당연히 수북하다, 란 단어가 연상됐다. 뭔가가 수북하다, 란 단어의 연상 작용 속에는 아주 좋은 것들, 풍요로운 것들, 과일이 수북하다, 곡식이 수북하다, 같은 이미지가 있다. 지명 자체가 마음에 들었고 마침 수북으로 가는 버스가 왔길래 무턱대고 올라탔다. 유월이지만 그날따라 장마철 특유의 습기도 없이 삽상한 바람이 불어왔고 버스는 어느 순간 복잡한 도심을 벗어나 시골길로 접어들었다. 지방 도시가 좋은 것은 그렇게 시내버스를 타도 30분도 안 되어 금방 시골로 갈 수 있다는 것이다. 시내버스 타고 시외 가기가 가능한 것이다. 버스는 하염없이 갔다. 이윽고 나는 종점인 수북에 내렸다. 여전히 이것저것이 든 검정 비닐봉다리를 든 채로. 종점에 내렸는데, 산이, 그득한 산이, 그리고 그 산 아래 들이, 그득한 들이, 그야말로 수북하니, 내 눈앞에 있었다. 나는 천천히 산과 들과 그 사이사이 들어선 동네들을 일별하면서 종점 아래로 걸어 내려갔다. 그곳이 수북면 소재지였다. 작은 면 소재지이지만 없는 것은 없는 것처럼 보였다. 중화요리, 추어탕, 오리탕, 김치찌개를 하는 식당들, 고깃집, 떡집, 철물점, 농협, 우체국, 경찰서, 면사무소, 초등학교, 중학교, 슈퍼…… 그리고 부동산 중개소. 중개소 안에는 필시 동네 아저씨들일 중늙은이들이 그득히 들어앉아서 화투를 치고 있었다. 담배 연기도 자욱했다. 흡사 할 일 없는 농한기의 시골 동네 사랑방 같았다. 선뜻 들어가기가 뭣해서 쭈볏거리다가 용기를 내고 쑥 들어가서 대뜸 물었다. 이차 저차, 저기 산 아래, 들판 가운데 동네에 빈집 나온 거 있느냐고. 중개소 아저씨가 말없이 앞장서 차 문을 열고는 나더러 타라고 한다. 탔시요! 아저씨 차를 타고 빙빙 돌면서 몇 집을 보고 났는데, 막상 집을 다 보고 나니 맥이 탁 풀렸다. 집들은 너무 오래 비어 있어서 차가운 냉기가 가득했고 마당이 푹 꺼져 있었고 거미줄 천지에…… 내가 그곳에 들어가 산다면 내 삶은 한층 팍팍해지고 신산해지고 그 고달픔의 끝에 딸려 온 외로움의 무게로 나는 그만 폭삭 주저앉아버릴 것이 틀림없었다. 지명에 혹해서 우연히 버스를 타고 왔다가 부동산 중개업소까지 방문하는 호기를 부렸던 딱 그만큼 돌아오는 길은 허전했다. 내가 '내 것'으로 하고 싶은 것들은 절대로 나에게 오지 않는다는 나의 평소 비관론을 확인하려고 온 것만 같았다. 나에게 '내 집'은 절대로 오지 않을 것이다, 그러하니, 지금까지 그래 왔던 것처럼 앞으로도 요령껏 나는 내것이 아닌 것들을 내 것인 양 쓰고 살아야지 무슨 뾰족한 수는 없을 것이다…… 차창 밖으로 보이는 푸른 것들도, 바람도, 강물도 사실은 내 것이 아닌 내 것들이 아닌가. 사랑을 잃고 나는 쓰네…… 잘 있거라 더 이상 내 것이 아닌 열망들아…… 난데없이 기형도의 시까지 생각나며 딴에는 만감이 교차하는데, 내내 대기하고 있었다는 듯 퐁퐁 눈물이 솟는 것을 억지로 참았다. 유월, 어느 일요일 수북에 갔다가 오는 길에.

꾸역꾸역 올라오는 울음을 억지로 참으며 수북에 갔다 온 지 일주일 뒤, 아침 9시도 안 됐는데 낯선 사람의 전화가 왔다. 꼭 내 원칙까지는 아니고, 대부분의 사람들이 아침 9시 이전, 밤 10시 이후에는 되도록 남에게 전화하지 않고 하더라도 좀 미안해하면서 하지 않는가. 나 또한 그러하므로 9시 이전, 밤 10시 이후의 모르는 전화는 되도록 받지 않는데, 그날은 어쩌려고 흔쾌히 전화를 받았다. 대뜸, 공 여사님? 한다. 여사라는 호칭은 언제 들어도 이물감이 느껴진다. 그런데 9시도 안 된 이른 시간에 뭔가 적나라하게, 혹은 은근짜하게, 공 여사님?이라니. 일이 될려고 그랬는지는 몰라도 한창 젊었을 때라면 아주 기분 나빠 했을지도 모를 그 공 여사 소리가 웬일로 그날은 아무렇지 않았다. 공 여사님, 담양부동산 정입니다, 오늘 수북에 한번 나와보실랍니까? 집은 없고 땅이 났는디, 꼭 사라는 것은 아니고이.

땅이라. 땅은 한 번도 생각해보지 않았다. 땅을 산다는 것은 뭔가 타락한 사람들이나 하는 짓거리인 것만 같았다. 나는 이 좁은 나라에서 땅이나 사는 못된(?) 사람이고 싶지는 않았다. 그렇게 생각하고 살았는데, 왜 그날 아침 담양부동산 아저씨의 말에 귀가 솔깃해졌는지 지금도 불가사의하다. 담양부동산 정 씨가 땅을 말할 때, 그가 하는 중개소의 인상이 워낙 시골 동네 사랑방 같은 인상이어서였는지는 몰라도 정겨웠다. 아, 나도 어지간히 타락을 했구나, 나도 세상 물이 들 대로 들었어, 땅 사라는 말에 놀라지도 않는 게이? 혼잣말로 중얼거리면서 또 한편으로 묘하게 설레는 것이었다. 그러면서, 누가 듣는 것도 아닌데 괜히, 투기하자는 것도 아니고, 내가 정붙이고 살 집을 지으려는 목적이니까이? 그러니까 설혹 땅을 산다 한들, 양해해주십

사, 혼잣속으로 중얼거렸던 것이다.

나는 다시 지난주와 똑같이 대인시장 앞에서 수북으로 가는 버스를 탔다. 돌아올 때 버스에 흘려버릴 흰 모자를 쓰고 갔다. 그날도 해가 좋았던 것이다.

결론을 말하자면 나는 그날 땅을 사기로 결정했다. 내 집을, 내가 살 집을, 내가 죽을 때까지 살 집을 지을 땅을 사기로. 집 지을 돈이 없으면 텐트라도 칠 땅을. 내게는 아파트 판 돈이 있었다. 아파트 판 돈이라 해야, 기천만 원에 문학상 상금 모아놓은 것 해서 정확하게 내가 땅 살 만한 돈이 내 통장에 있었다. 나는 그 돈을 야금야금 빼먹고 살던 참이었다. 에라, 땅을 사버리자. 내일 당장 끓여 먹을 것이 없더라도 오늘 나는 땅을 사자.

내가 산 땅은 원래 대나무밭이었다. 그 옛날 대나무밭에 지어졌던 나의 '미운 부로꾸집'이 생각났다. 내가 살 땅에는 언제 꽂아뒀는지는 모르지만 땅 팝니다, 란 나무 팻말이 썩어가고 있는 참이었다. 이 땅을 사겠습니다, 라는 내 말이 끝나기도 전에 정 씨가 팻말을 뽑아서 발로 짓이겨버렸다. 이왕에 썩어가는 거라이.

돈을 어찌나 탁탁 그러모았는지, 정 씨한테 줄 복비는 한참 뒤에 줬다. 큰아이가 아르바이트 한 돈까지 꿨다. 그렇게 땅을 사고 난 뒤 흰 종이만 보면 거기에 열심히 집을 그렸다. 주로 평면도에 불과하지만 하여간 자나 깨나 방과 부엌과 화장실을 그렸다. 방에 놓을 가구, 텔레비전, 냉장고, 세탁기도 그려 넣었다. 이불도 펴고 밥상도 차렸다. 그러나 내게는 집 지을 돈이 없었다. 나는 과연 그 땅 위에 내 집을 지을 수나 있으려나.

돈이 없으면 집을 지을 수 없다는 사실을 나는 알고 있었고 믿고 있었다. 당연한 것 아닌가. 내가 땅을 산 것도 돈이 있어서 가능했던 것이 아닌가. 자나 깨나 흰 종이만 보였다 하면 집을 그리고 있는 것이 허망하게 느껴지기 시작했다. 이렇게 종이에만 그리면 뭐 하나, 돈도 없는데. 다시, 내 의식의 밭 한 귀퉁이에서 단촐하게 살자, 가난하게 살자, 가난한 것이 속 편한 것이고 가난하게 사는 것이 죄 덜 짓는 것이고⋯⋯의 싹이 돋아나고 있었다. 집을 짓고 산다는 것은 역시 돈푼깨나 있는 자들의 것이지. 있는 집을 사는 것도 아니고 없는 집을 짓는다는 것이 감히 내가 할 수 있는 일이기나 할까. 그때부터 나는 내 땅이 미워지기 시작했다. 꼴도 보기 싫어졌다. 내가 땅을 가지고 있다는 사실이 든든한 것 같았는데 알고 보니 불편한 것이었다. 땅을 팔자, 팔아. 본전치기로라도 팔자, 아니, 손해를 보고라도 팔아버리자. 땅을 팔아서 그 돈을 가지고, 떠나자. 바퀴가방 하나에 꾸릴 수 있을 만큼만 꾸리고 나머지는 다 버리고 바람처럼 떠나자, 구름처럼 떠돌자, 그것이 인생이다!

마침 옆 땅에 집을 짓고 사는 사람이, 왜 땅을 사놓고 돌보지를 않느냐고, 음산하게 물었다. 아, 제가 좀 바빠서요. 멀리 살다 보니⋯⋯. 아니, 땅을 사놨으면, 돌봐야죠오, 남의 땅도 아니고 자기 땅을 왜 돌보지 않아요오, 최소한도 풀은 베얄 것 아니냐고오, 내가 왜 당신네 땅에 난 풀까지 베야 하냐고오, 풀 베다가 손도 베고 뱀까지 봤다고오, 뱀하고 나하고 눈이 딱 마주쳤다고오, 내가 뱀과 눈이 딱 마주친 기억을 평생 가지고 살게 생겼다고오, 시바앙, 이 사태를 누가 책임질 거여어, 누가아, 어어엉. 전화를 받은 이후, 나는 정말로 수북의 내 땅에 가보고 싶은 마음이 뚝 떨어졌다. 팔아버리자, 팔아버려. 팔아버리자고 수없이 결심하던 그 순간에도, 내가 살고 있는 집을 포함한 세상의 집세는 다락같이 올라갔다.

난민이 어찌 외국에만 있을 것인가. 나라 안에도 난민이 있다. 먹고살기 위해 만주로 어디로 천지 사방 떠돌아야 했던 유랑민들, 전쟁 시의 피난민, 그리고 개발 시대의 이주민들이 바로 난민이다. 현재는 어떤가. 내일 일을 모르는 곳에 사는 사람들이 바로 난민의 삶을 사는 사람들이다. 아침에 눈 떴는데 느닷없이 받은 우리 집 마당으로 고속도로가 지나간다는 통보, 평화로운 한낮 무심히 틀어놓은 라디오에서 들려오는 우리 논에, 우리 바다에 군사기지가 들어선다는 뉴스, 내가 좋아하는 우리 마을 뒷산에 700킬로미터가 넘는 고압선이 지나가고, 내가 사랑하는 우리 동네 강이 시멘트 댐으로 가로막히고. 저녁을 먹으면서 보는 텔레비전에서 사람들이 다치고 죽고 새로 개발된 신형 무기를 어린아이들이 보고 있을지도 모를 메인 뉴스 시간에 주요 뉴스로 보여주고…… 이런 판국이 난리가 아니고 무엇인가. 난리 통을 살아가는 사람의 삶이 바로 난민의 삶일 터. 나는 그럼 무슨 난민인가. 그 모든 난민적 상황에 더해 월

세 난민이지 않은가. (수북에 땅을 산 얼마 뒤, 나는 전라도 광주에서 경기도 마석으로 이사를 가야 할 일이 생겼다. 좋은 집주인의 시대와 이별하고 강남에 집을 둔 수완 좋고 얄짤 없는 집주인의 집에 살아야 하는 시대가 도래하였다). 땅이 있으면 뭐 하는가. 돈이 없어 집도 못 짓는데. 돈이 있어 집을 지으면 뭐 하는가, 언제 그곳에 고속도로가 지나가고 고압선이 세워질지 모르는데. 거기에 갑자기 나타나, 왜 땅을 사놓고 돌보지 않느냐고 나를 괴롭히는 내 땅 옆 사람들은 또 다른 복병이다. 그러나 진짜 복병의 '끝판왕'은 나의 마석 집주인이다. 그녀의 목소리는 어찌 그리도 매정한가. 집주인 여자의 전화를 받을 때마다 한겨울에 찬물 한 바가지를 뒤집어쓴 듯이 심장까지 얼어드는 듯한 한기에 한나절은 떨어야 했다. 아, 내가 그 모오든, 집을 지으면 안 되는, 집을 지을 수 없는 상황 속에서도 집을 지을 결심을 굳히게 된 것은 바로 그녀, 복병계의 레전드, 나의 인정 없는 마석 집주인 때문이었는지도 모른다. 이사 나올 때 손발에 땀 차는 증세가 있는 아들의 책상 아래 벽지가 헌 것을 보고 도배할 돈 20만 원에서 5만 원 깎아 15만 원을 내놓으라던 소름 끼치게 야물딱진 그녀, 집주인 여자 때문에.

너무도 많이 떠돌았다. 지그재그로 떠돌았다. 엄마도 없고 아버지도 없는 세상을 나 혼자 떠돌았다. 혼자 떠돌다가 인 생 계획표도 없이, 그러니 당연히 어떤 준비도 없이 또 다 른 식구들을 만들어 이번에는 집단으로 떠돌았다. 어느 날 이삿짐을 싸고 있는데, 막 잠에서 깨어난 아이가, 엄마 또 이사 가? 놀라지도 않고 물었던 때도 있었다. 생각해보면 아슬아슬하다. 모든 지나온 족적이 다아 삐끗하면 추락할 '뻔'했던 것을 당시에는 모르고 지나온 것만 같다. 모골이 절로 송연해진다.

이 나이에 생각해보니 산다는 것의 결론이 났다. 산다는 것은 복불복(福不福)의 아슬아슬한 외줄 타기. 그러니, 지금 살아 있다는 것은 과연 천운이라 할 수 있지 않겠는가.

아이들과 함께 나를 따라다니는 짐들과 함께 곡예하듯이 떠돌았다. 이 나라를 떠나 독일까지도 갔다. 그런데 낯선 이국땅에서 생각나는 것은 그렇게도 떠나고 싶었던 이곳이었다. 이곳 중에서도 내게 익숙했던 남도의 풍경들이었다. 컴퓨터 바탕화면에 한국의 농촌 풍경을 깔아놓고 골똘히 들여다보곤 했다. 집이라는 것이 그렇다. 너무도 익숙한 나머지 지긋지긋하면서도 떠나고 나면 가장 그리운 것이 집 혹은 고향 혹은 고국. 돌아갈 것이 겁나면서도 못 돌아갈까 봐서도 겁나는, 사람을 환장하게 하면서도 또 사람을 안정시키는 집은, 고향은, 고국은, 혹시 마약이 아닌가? 나는 그래서 그토록 집을 가지는 것을 두려워했는지도 모른다. 너무 익숙해져서 다시 지긋지긋해질 것이 겁나서. 그러니까 나는 한낱 겁쟁이에 지나지 않았는지도 모른다. 겁쟁이가 겁도 없이 천지 분간도 못 하고 그 많은 짐들을,

오직 내 책임하에 있는 식솔들을 거느리고 천지 사방을 휘돌았던 것이 아닌가.

어려서 살던 곳은 산이 첩첩한 곳이었다. 산 너머 세상에는 무엇이 있을까 늘 궁금했었다. 나는 언제쯤 저 산 너머로 가볼 수 있을까. 엄마 따라 산 밭의 감자밭으로 가며 나는 감자밭 반대편 세상을 생각했다. 산 너머 세상으로 가는 길은 내가 굳이 꿈꾸지 않아도 삶의 행로가 저절로 그쪽으로 열리게 되어 있다는 것을 내가 아직 모르고 있을 때. 아버지와 함께 뽕나무밭 거름을 주며 삽질을 하는 아버지한테 물은 적이 있다. 아버지, 삽으로 계속 땅을 파면 어디가 나와요? 무엇이 나오냐고 묻지 않고 어디가 나오냐고 물었던 것은, 내가 노상 먼 데, 이곳이 아닌 다른 곳을 꿈꾸고 있었기 때문이다. 항시 '무엇'보다 '어디'가 더 궁금하고 갈급했기에. 아버지는 미국이 나올 것이라고 했다. 미국. 이 세상에서 가장 먼 곳, 미국. 미국은 지도상의 미국이 아니라, 익숙한 이곳이 아닌 낯선, 낯설어서 모든 가능성이 총집합되어 있는 곳의 대명사다. 그래서 이곳, 이 땅 사람들은 미국으로, 미국으로들 그렇게도 많이 떠나갔던 것은 아닐지. 그래서들 나성이라는 곳에서 꽃 모자를 쓰고 사진을 찍어 보내서 아직 떠나지 못한 사람들의 애간장을 타게 했던 것이 아닌지. 그러나 나성에서 꽃 모자를 쓰고 사진을 찍어 보낸 사람들 중의 또 누군가는 지금 그가 뒤도 안 돌아보고 떠났던 곳을, 그 지겨운 곳을, 그때 묻은 곳을 꿈꾸고 있을지도 모른다. 삶은 그런 것이다. 허무하게도! 그 허무의 끝에 당도하기 전에 나는 내가 그렇게도 떠나고 싶어 안달했던 이 나라의 한 귀퉁이에 내 땅을, 내가 이제는 정말 정착해서 살 내 집을 지을 땅을 구입하고야 말았다! 구입하는 그 순간에도 이것이 잘한 일인가, 못한 일인가 긴가민가하면서 말이다.

결과를 놓고 말하자면 이제는 나의 마지막 '집주인'이 되는 이로부터 거의 밀려나다시피, 짐을 부렸던 장소를 다시 떠나야 할 때가 왔고 나는 나의 땅으로, 아니, 내 땅이 가까이 있는 광주로 이사를 하게 되었다. 짐이 너무 많아 대부분의 짐들을 이삿짐 보관소에 맡겨두고서. 아, 나는 이제 집을 지을 때가 되었다. 아니, 집을 생각할 때가 되었다. 내가 돌아와 누울 집을. 어쩌면 남은 생을 살다가 영원히 누울 집을. 그렇게 생각하니 딴에는 비장하기도 했다.

어려서는 먹을 것만 생각했다. 하루 종일 맛난 것만 생
각했다. 하루 종일 먹을 것만 바라는 개나 닭이나 돼지나
오리나 소처럼. 내가 주는 먹을 것을 향해 뛰어오는 그 무
구한 짐승들처럼 나도 우리 엄마 아버지가 가져다주는 먹
을 것을 향해 제비 새끼처럼 입을 잘도 내밀었다. 그런 시
기를 지나 인생의 어느 한때는 또 반드시 외관 꾸미기에 온
시간을 다 잡아먹게 되어 있다. 인간이 아직 자식일 때, 저
희들이 아직 어른이 아니었을 때는 그렇다. 하루에도 열두
번을 옷을 갈아입고 혼자서 거울 앞에서 쇼를 할 때가 있
다. 짐승의 시기를 지나 털 빠진 인간으로 진화해나가는 시
기. 나에게 보이는 내가 아니라 남에게 보이는 나를 하루
종일 생각하는 시기. 그리고 이제 털이 다 빠졌을 때, 더는
자신의 삶을 알 수 없는 곳으로, 경험해보지 않은 쪽으로
밀고 나가기엔 여러 가지로 거시기한 때, 그러니까 옴짝달
싹할 수 없는 어른이 되었을 때, 그는 처음으로 집을 생각
해보는 것이다. 나도 이제 집을 지을 때가 되었다! 집이란
곳은 떠나야 한다고만 생각했다. 그러다가 드디어 돌아갈

곳을 생각할 때가 온 것이다.

대부분의 짐은 10일 단위로 돈을 지불하는 보관소에 맡기고 최소한의 옷가지, 최소한의 주방용품, 최소한의 책과 노트북 컴퓨터 한 대만을 가지고 원룸으로 들어갔다. 우리 집을 지어줄 시공자가 주인인 원룸. 광주 전남대 근처 '용봉지구'라는 신주택 개발지라기보다 거대한 유흥 오락지구 한가운데. 아무리 최소한의 이사라고 해도 이사는 이사다. 경기도 마석에서 광주에 도착하니 오밤중이다. 열대야의 밤이다. 사방에서 쿵쾅거리는 소음과 유흥가 특유의 열기까지 더해져 아수라판이다. 아무리 집 지을 동안만이라 하더라도 호랑이 아가리에 들어온 것만 같다. 더구나 우리가 당분간 살아야 할 집은 3층이고 오밤중에 3층까지 낑낑대고 짐을 나를 때 집 지을 동안만 살 집이 아니고 평생 살아야 할 집이었다면 나는 아마 짐 나르다가 계단참 어름에 주저앉아 통곡하고야 말았을 것이다. 이것이 인생이라면 나는 이런 인생 기꺼이 반납하고 싶지 말입니다! 하고서.

원룸의 창문들은 법이 그렇다고는 해도 밖을 제대로 바라볼 수 없이 창 바깥이 나무 판재로 막혀 있다. 싱크대,

2부 · 집을 찾아서

텔레비전, 인터넷, 세탁기 다 갖춰져 있지만 왠지 썰렁한 여관방 같은 곳. 다닥다닥 붙어 있지만 왠지 아는 척하면 안 될 것 같은 이웃들. 창문으로부터 한 뼘 밖에서는 술 냄새, 고기 냄새, 음악 소리, 악쓰는 소리, 술 따르는 소리, 술 토해내는 소리가 진동하는 곳. 술 먹고 술 토하고 자지러지게 웃고 악쓰고 울고 욕하고 빛은 오만가지 색으로 명멸하는 곳, 견딜 수 있는 데까지 견뎌보자, 이를 악물고서 잠자리에 들려고 하는데, 계단참에서 날카로운 여자의 비명 소리가 난다. 야, 지갑하고 핸드폰은 두고 가. 지갑하고 핸폰을 두고 가라고, 지갑하고 핸드폰은…… 누군가가 누군가의 목숨 같은 '지갑과 핸드폰'을 들고 튀고 있는 것 같다. 지갑과 핸드폰은 그렇게 사라지고 이어지는 기인 울음소리. 울음이 뚝 멈춘 뒤에 이어지는, 차마 옮길 수 없는 욕설들.

이런 민망하고 또 민망한 아수라장에서 잠시 동안이지만 영락없는 자취 생활이 시작되었다.

옛날 집주인 눈치 보며 연탄을 갈던 시절의 자취방이 아닌, 있을 건 다 있는 최신식인데도 썰렁하기 그지없는 현대식 자취방이란 기실 요즈음 자취하는 젊은이들의 생활

공간이다. 주인집의 눈치를 보며 주인집의 부엌을 쓰며 주인집 마당의 펌프 물을 쓰고 주인집은 물론 그 집에 세 든 모든 이들과 같은 화장실을 쓰고 주인집의 전화를 쓰던 시절의 자취방이 아니라 모든 시설이 사각진 공간 안에 다 구비되어 있는 집. 집주인에게는 오직 돈만 지불하면 되는 집. 편리한 집. 그런데 왠지 여관방 같은 집. 그런 집, 아니 방에서, 아니 굳이 요즘식으로 표현하자면 원룸에서의 몇 달은 내게 '막간의 시간'이다. 그러고 보면 막간이 연극 무대에만 있을 것은 아니다. 인생에도 확실히 막간은 필요하다. 잠시 쉬는 시간, 독일 사람들은 그런 시간을 파우제라고 했다. 파우제, 잠시 쉬었다 가자는 것이다. 솔직히 말하자면, 조만간 집이 완성되면 좋든 싫든 나는 그 집으로 들어가야 한다. 나로서는 엄청난 결단과 돈을 들여 땅 위에 처음 짓는 내 집이다. 남이 지어놓은 아파트에 돈만 지불하고 들어가는 것과는 뭔가 차원이 다른 일임이 분명하다. 땅 위에다 스스로의 결정으로 집을 짓는 것이 엄청난 일이라는 걸 집을 짓는 중간에서야 갑자기 깨달았다. 아이구야, 내가 뭣도 모르고 큰일을 저질러버렸구나!

2부 • 집을 찾아서

내 집이 없어 살던 터전을 수시로 옮겨야 하는 현대판 유목민의 삶이 자유롭지만 고달픈 것도 사실이다. 자유보다는 고달픔이 더 두려워진 시기가 왔다고 느꼈고 그래서 집을 짓자고 결정을 하긴 했지만, 내 속에서는 사실, 정착이 주는 안정감과 답답함 중에 답답함에 대한 공포가 은밀히 자라고 있었다. 돈만 지불하면 집에 대해 신경 쓰지 않아도 되었던 '가벼워도 좋은 시절'은 가고 집이라는 거대한 물건을 책임져야 하는 무거운 시절이 도래한 것이다. 모든 소유는 그토록 무겁다. 나는 이제 '유랑이라는 전투'의 시절을 마감하고 '정착이라는 전쟁'의 시간 속으로 꼼짝없이 기어들어가야 할 형편이 되었다. 그러니, 집이 다 지어지기를 기다리며 원룸에서 보내는 막연한 시간은 쉼이자, 불안한 자유의 시간인 셈이다. 평화를 바라서 정착하고자 하지만, 오히려 그 평화가 족쇄가 될지도 모른다는 불안감이 자꾸 엄습해오는 이상한 자유의 시간들이 2015년 한여름, 광주 용봉지구 유흥가 한복판의 원룸 계단참을 오르락내리락하고 있었다. 더위와 열기에 가쁜 쉼을 토해내던 그해 여름, 세상은 메르스라는 신종 역병으로 들끓고 있었다.

집이란 무엇인가 1

집 짓는 이야기를 하기 전에 시공자 찾아 나서기의 '장정(長程)' 이야기부터 해야겠다. 내가 장정이라고 표현할 만큼 집을 지을 때는 설계자보다 시공자 찾기가 그야말로 고된 여정이었다. 내가 집을 짓는다고 하자 만나는 사람마다 한 말씀씩 보탰다. 거, 시공자 잘못 만나면 개고생이야, 어떤 시공자들은 특유의 '곤조'가 있어, 어떤 시공자는 돈만 받아먹고 튀어버려……. 가히 '시공자 괴담'들이다. 건축주와 상의해가며 즐겁게, 자기가 짓는 집이니 자기 마음에 들게 짓자는 마음을 가진 시공자는 정녕 존재하지 않는단 말인가.

시공자를 잘못 만나 계약금 날리고 나중에 법정 싸움까지 한 사람을 만나니, '건축주를 위한 시공자는 없다'란 제목의 책이라도 써야 할 판이다. 그래도 아는 사람이 소개해준 사람은 좋은 시공자겠지, 하고서 첫 번째 시공자를 만났다. 설계한 건축가와 함께 찻집에서 만난 그는 설계 도면을 보고서, 이렇게 집을 지으면 집 베려, 첫마디가 그랬다. 집은 자고로 튼튼해야 해, 지붕은 징크로다가 튼튼하게 얹고 시멘트로다가 튼튼하게 막아야 써. 징크 지붕 아니면 적어도 스페니쉬 기와 정도는 얹어줘야 뽀대가 나요, 아스팔트 싱글은 여름에 덥고 겨울에 촤. 알아본 바에 의하면 징크나, 스페니쉬 기와는 우리가 하려는 아스팔트 싱글보다 배가 비쌌다. 집을 짓자고 보니 공부를 안 할 수가 없어서 집 짓기에 관한 책도 보고 이 사람 저 사람에게 자문한 결과, 우리는 에이알시라는 재료로 짓자는 결론을 냈고 그것에 맞추어 집 설계를 마친 후였다. 에이알시는 기포가 있는 벽돌 같은 재료인데 통기성과 보온성이 뛰어나다 했다. 시멘트 집은 애초에 고려하지 않았다. 우리는 가장 싼 재료로 가장 싸게 집을 지어야 할 형편이므로 첫 번째 시공자의 '집

베리는 집' 계획을 버릴 수가 없었다. 그는 건축가에 의해서
아웃되었다. 시공자 찾아 삼만 리의 길에 지인에게서 두 번
째 시공자를 소개받았다. 소개자에 의하면 그 시공자한테
집을 짓지 않으면 자기는 집을 짓지 않겠다고 했다. 두 번
째 시공자는 갈색 선글라스를 쓰고 손에 쇠막대기를 들고
나타났다. 그는 나한테 쇠막대기를 들이댔다. 요실금 있으
시죠? 있다고도, 없다고도 말하기가 거시기해서, 그런 것
같다고 했다. 큰애하고 사이가 영 안 좋았구만요. 큰애가
어렸을 때 내 말에 토를 달아서 한번 엄마의 자존심을 걸
고 싸운 적이 있다. 그 뒤로 화해를 했는지 안 했는지 잊은
채로 세월이 흘렀는데, 혹시 그 애가 아직도 그 일을 가슴
에 품고 있을까? 싸운 일이 있었다고 했더니, 막대기를 공
중에 한번 휘 젓더니, 이제 풀어졌습니다, 한다. 하여간 풀
었다니, 나쁠 건 없는 것 같았다. 왠지 기분이 좋아졌다. 집
을 맡기려면 집쟁이 집부터 보고 결정하시죠. 확 신뢰가 갔
다. 시공자의 차를 타고 직접 지었다는 시공자의 집으로 갔
다. 우선 부엌부터 보십시오, 부엌은 말입니다, 우선 가장
편해야 합니다. 보시다시피 저희 집 부엌 얼마나 편리해 보

입니까, 여기서 음식을 해서 저기로 나릅니다. 주부가 음식을 하면서도 먹는 사람들과 일대일로 대화가 가능한 부엌이죠. 나는 내가 음식을 하면서 먹는 사람들과 일대일로 대화를 하고 싶지 않은 사람이다. 나는 아무도 안 보이는 곳에서 요리를 하고 싶다. 나는 부엌이 거실에서 환히 내다보이는 구조가 싫다. 그렇지만 쇠막대기 시공자한테 감히 그 말을 할 수가 없어, 맘에도 없이 그저 좋습니다, 만 연발했다. 돌아와서 쇠막대기 시공자를 생각했다. 그가 지은 집이 그의 맘에는 드는지 몰라도 내 맘에는 영 들지 않았다. 두 번째 시공자는 나에 의해서 아웃되었다. 세 번째 시공자는 내가 집 지을 동네에 집을 짓고 사는 이에게 소개를 받았다. 이 동네에 집을 지은 사람이 이 동네를 잘 알 것이다. 세 번째 시공자를 생고기집에서 만났다. 집 지을 사람하고 식사도 하면서 이야기를 해봐야 그 사람을 잘 알 수 있겠다 싶어서였는데, 그가 우리를 안내한 곳이 생고기집이었다. 그는 싱싱한 생소고기를 안주로 소주를 달게 마셨다. 술을 마시며 말하는 품이 소년 같기도 한 것이 이 사람은 시공자 특유의 '곤조'는 부리지 않겠구나, 무엇보다 집 짓는 동안만큼은 내 집이다, 하고 짓겠습니다, 란 말이 맘에 들었다. 그가 말했다. 그런데 그냥 목조로 가시죠. 목조로 가다니요? 에이알시는 힘듭니다. 그러니까 에이알시로 설계한 집을 목조로 짓겠다는 것인데, 그때 왜 우리가 두말없이 그럽시다, 했는지 지금 내가 이 글을 쓰고 있는 이 시점에서 그때를 아무리 복기해봐도 이 결론 하나밖에는 나오지 않는다. 아, 내가 시공자를 겁냈구나. 그러니까, 시공자에 대한 온갖 흉흉한 풍설로 내가 그때 겁나게 쫄았던 상태였구나. 물론 공짜는 아니지만 우리가 집 지을 동안 임시로 살 집을 내준다고 하는데, 임시로 살 집 구하러 다닐 수고는 안 해도 된다는 것이 그를 시공자로 선택한 이유가 됐을 수도 있었겠구나. 하여간 우리는 원룸 임대사업자이기도 한 세 번째 시공자의 원룸으로 이사를 해 들어갔고 드디어 우리 집은 지어지게 되었다. 2015년 6월 15일이었다. 날은 무더웠다. 물론 그전에도 묵혀 있던 땅을 산 지 3년을 황무지로 묵혀 있던 땅, 옆집 부인이 어느 한밤에 전화해서, 왜 땅 관리를 안 하냐고, 당신 땅에 난 풀을 왜 우리가 베야 하느냐고, 뱀이 나왔다고, 뱀눈과 자신의 눈이 딱 마주쳤다고, 그래도 땅 관리를 안 할 거냐고, 했던 그 땅에, 집이 지어지게 된 것이다.

먼저 포클레인이 땅을 갈기 시작했다. 나는 뙤약볕 밑에서 포클레인이 일하는 것을 지켜보다가 너무 더워 그늘자리를 찾았지만 어디에도 그늘은 없어 괜히 서성거리다가 일하는 사람들과 점심을 먹고 또 포클레인이 일하는 것을 서성거리며 지켜보다가 점심 먹은 것이 잘못되었는지 속이 미식거려 남몰래 구석진 자리를 찾아 토하기까지 했다. 포클레인이 평탄 작업을 해놓은 땅은 넓어 보였다. 저기에 앞으로 내가 살 집이 설 것이다. 기쁨보다 두려움이 엄습했다. 중지! 소리가 터져 나오려는 것을 꾹 참았다. 태초부터 맨땅이었던 곳에 나 살자고 집 짓기 전에는 듣도 보도 못한 온갖 첨단 재료를 퍼부어 구조물을 세운다! 겁나는 일 아닌가. 시공자가 대학 건축과에 다니는 자신의 아들과 함께 설계 도면에 나온 대로 흰 분말로 평면을 표시한다. 저 흰 분말로 표시된 저 안으로 내가 들어가겠구나! 어느 날은 가봤더니, 멀리서 봐도 우리 집 짓는 곳에 빨간 타워크레인이 괴물처럼 서서 뭔가를 하고 있다. 바로 레미콘 차에서 콘크리트를 뽑아내 투하하는 장면이다. 기초공사를 하고 있다는 것이다. 나는 앞으로 저 시멘트 콘크리트 위에서 잠을 자겠구나! 새들은 나무 위에서 잠을 자는데, 벌레들은 풀 속에서 잠을 자는데, 지렁이, 굼벵이는 흙 속에서 잠을 자는데, 인간인 나는 가장 몸에 안 좋다는 시멘트 위에서 잠을 자야 하는구나! 저 시멘트 위에서 잠을 자기 위해 나는 빚을 지고 그 빚 때문에 앞으로의 남은 삶이 숨 가빠질 것이고 마음은 늘 무거워질 것이며 어깨는 처질 것이다! 그러니 집 짓기는 그만 중지!라고 해야 하나, 나는 꾹 참고 그늘 자리 하나 없는 염천 아래서 타워크레인을 지켜보았다.

또 어느 날은 가봤더니, 그야말로 온몸이 완전히 구릿빛인 남자 셋이서 고적하게 나무 기둥들을 세우고 있다. 웬일인지는 몰라도 뚝딱딱, 뚝딱딱, 소리가 왜 그렇게도 민망하던지 얼굴이 다 화끈거린다. 시공자가 생고기에 소주를 먹으면서 했던 말이 맞다. 집을 짓는 동안에는 그 어떤 집이든 다 시공자의 집이다. 현대에 집을 짓는다는 것은 집주인과는 아무 상관이 없는 일이라는 것을 나는 그제야 알았다. 시공자가 알음알음으로, 혹은 인력시장에서 데려온 사람들이, 나로서는 처음 보는 사람들이, 뚝딱딱, 뚝딱딱, 내 집을 짓고 있는 것이다.

'집을 짓는다'는 것에 연상되는 것은 아버지가 지은 요상한 시멘트 부로꾸로 지은 한옥이 아니라, 정식 목수가 지은 큰집이었다. 목수는 작은어머니의 동생이었는데 대목이라 불렀다. 대목은 휘하에 여러 명의 사람들을 데리고 다니며 집을 짓는 동안 집주인이 마련해준 임시 거처에 살면서 집을 지었다. 그러니까 목수는 집이 지어지는 동안 처음부터 끝까지 집주인과 함께 동고동락했던 것이다. 그렇게 지어진 큰집은 50년이 지난 지금도 번듯하게 잘 버티고 있다.

집을 짓는다는 것에 대한 이미지가 그렇게 남아 있어서인지는 몰라도 목수 일 끝나면 목수들은 완전히 철수해 버리고 그다음에 창문 하는 사람들이 투입됐다가 창문 조가 빠지면, 지붕 조가 투입되는 식의 건축 과정이 나로서는 좀 당황스러웠다. 그러니까 현대의 건축은 완전히 분업인 것이다. 내가 일하기 전 누가 와서 일을 했는지 모른다. 알 필요도 없다. 건축주인 나 또한 일하는 사람이 어디서 왔는지 물을 필요가 없다. 물으면 오히려 실례가 될 분위기다. 그들은 이곳 일을 빨리 마치고 다른 곳으로 이동해야 한다. 그러니 나는 또 나중에 마당이 될, 아직은 황량한 맨땅에 서서 목수들의 뚝딱딱을 지켜보는 수밖에. 또 너무 오래 지켜보면 그들이 민망해할까 봐 적당한 때에 그들의 '작업 현장'인 미래의 우리 집을 떠날 수밖에. 가면 그늘 자리, 쉴 자리 하나 없는 미래의 우리 집은 내게 아직 남의 일터일 뿐, 나는 지금의 내 집인 나의 원룸으로 빨리 돌아가 씻고 눕고 싶었다. 비록 바퀴가방 한두 개를 채울 만큼의 짐이지만 나를 보살펴줄 나의 짐들이 있는 나의 원룸에서.

다시 집에 대해 묻는다. 집이란 무엇인가. 특히나 현대사회에서 집은. 돈인가? 집은 돈이다. 가질 때도 돈이고 팔 때도 돈이다. 집은 그냥, 돈덩어리다. 물론 돈이 될 때의 집은 그 이름이 집이 아니고 부동산이 되겠지. 집이 돈이 아닐 수 있는 방법은 없을까? 언제든 돈으로 바꿔치기할 수 있는 부동산으로서의 집이 아니라 집이 그냥 집인 집. 집이 그러면 안 되는 법이라도 있나? 물론 그런 법은 없지만, 집을 집이 아니라 부동산으로 만들지 못해 안달이 난 사람들 앞에서는 집을 집이라 하기가 왠지…….

나는 집을 짓기 위해 내가 가진 모든 돈을 털어 땅을 사고 그 땅을 담보 잡혀 집을 지었다. 그리고 다시 그 집을 담보 삼아 또 빚을 내었다. 만약 내가 빚을 내어 아파트를 샀다면, 내가 빚을 갚아나가는 동안 아파트 시세는 올라가야 한다. 아파트 형태의 집이 생겨난 이래로 아파트는 거개가 올랐다. 그러니 대한민국 사람들은 빚을 내서라도 아파트를 샀고 산 아파트가 오르면 팔고 다시 빚을 내 좀 더 새 아파트를 사거나, 분양권이 당첨된 집을 프리미엄 붙여 팔거나 자신이 들어가 살더라도 오르면 다시 팔고…… 그러면서 돈을 만들었다. 그렇게 아파트값이 다락같이 올랐다. 한국은 그렇게 흘러왔다. 그리고 지금도 그렇게 흘러가고 있다. 그러니 집은 돈임이 확실하다. 옛날 우리 엄마 말로는 돈 많이 들어가는 일을 일러 '돈구덕'이라고 했다. 돈구덕인 집에서 돈하고는 아무 상관 없는 집으로의 탈출 방법은 없을까? 돈하고는 아무 상관 없는 명실상부한 집에서 살고 싶어 집을 짓지만, 그러기 위해서는 또 돈이 들어가는 이 아이러니를 어떡하면 좋은가.

　집을 다 짓고 이사 들어오자마자 또 집 때문에 빚쟁이

신분이 되었다. 그럼에도 불구하고 이번에는 내가 집값에 신경 곤두설 일이 없을 것이라는 확신을 가졌다. 그것만으로 나는 해방감을 느꼈다.

아파트에 사는 사람치고 자신이 사는 집의 시세에 무감한 사람이 얼마나 있을까. 나 또한 빚 얻어 산 아파트 살 때 집값이 떨어질 것이 은근히 겁났다. 내가 사는 집 시세에 신경 쓰이는 것이 성가셨다. 그러니, 내가 집을 짓자고 결정한 이유 중에는 혹시 집값 떨어진다는 소식에 자다가도 벌떡 일어나 두려움에 떨 일이 없기를 바라는 마음의 작용도 있지 않았을까.

집이 돈이 아닐 수 있는 첫째 조건, 그러니까 집이 그냥 집이게 하는 것은 시간일 게다. 오, 시간. 살기 시작한 집에서 꼼짝없이 눌러사는 것. 아파트 살면 평생을 눌러살기 어려운 것이 혹시 새의 마음이 되어서 그럴까. 인간이 공중에 살다 보니 공중에 사는 새의 생리를 자신들도 모르게 닮아가서 그런지도. 그러니, 한번 살기 시작한 집에서 어디로 이동하지 않고 살기 위해서는 나무의 마음을 가질 필요가 있다. 나무는 땅에 뿌리를 내려야 사는 법. 그러니 마당 있는 집에서 살기. 나무의 뿌리가 그러듯 마당에 시간을 꾹꾹 누르기, 시간은 마당에서만 자라는 게 아니다. 벽에서도 자란다. 시간을 벽에 문지르기, 방바닥에 시간을 새기기……내가 집과 함께 늙어가기. 종당에는 그 집에서 생을 마치기. 그러기 위해서 우선 새집의 황량함을 잘 견뎌내기. 불편함을 꾹 참아내기. 그리고 나는 시간에 몸을 맡기고 그 집에서 꼼지락거리기. 지렁이처럼 내 집에서 내 길을 내기. 아직은 딱딱하고 무뚝뚝한 집을 개미처럼 부지런히 왔다 갔다 하며 보실보실, 어루만지기.

집이 더 이상 돈이 아니게 된 다음의 집은 무엇이 될까. 나는 처음에 집을 짓자는 생각을 할 때 내심 이런 마음이 있었다. 바로 베이스캠프. 더 많이 떠돌기 위해 우선 베이스캠프 하나 갖는 것. 짐 보관소라고나 할까. 폭풍우가 몰아치면 문득 돌아가 쉴 곳. 쉬고 나서 다시 보관된 짐 꾸러미 속에서 필요한 것 골라 떠나기 위한 집. 그런 집을 이제는 가져야겠다고 생각했었다. 좀 떠나고 싶어도 내 짐을 맘편히 두고 떠날 수가 없는 집은 내게 아직 집이 아니었다. 아, 짐들. 백번 생각해도 살아가는 것은 짐을 늘리는 것에 다름 아니다. 그 짐들은 어느새, 내 살이 되고 내 뼈가 된 듯싶었다. 그것들은 이미 내가 되었다. 내 집에 온 사람들은 웬 짐이 이렇게 많냐고, 다 버리라고들 했다. 처음에는 짐 많은 걸 부끄러워하다가 이제 나도 그 말들에 대응할 적당한 말을 찾아냈다. 농사짓는 집에 농기구들 있지요? 내게는 저 짐들이 내 농기구들이에요. 예전에는 나도 간소하게 살자주의 전도사나 된 듯이 군 적이 있었다. 그러나 이제 나도 내 집을, 내 공간을 갖게 되었으니, 이제는 이렇게 말할 수 있다. 절대 버리지 말자. 내 집은 내 생의 아카이브 공간이다! 그것을 뭐에 쓸려고 그러냐는 물음에는 아직 대답할 거리를 마련하지 못했다. 그럼에도, 내게 생긴, 혹은 내게 온 물건들을 나는 허투루 버릴 수가 없었다. 그동안 집이 없어, 혹은 공간이 작아 얼마나 많은 것들을 버리고 살아왔던가. 아이들 어렸을 때 갖고 놀던 장난감들, 옷들, 책들을 버렸다.

'간소하게 살자주의 전도사'께서 TV에 나와 일장 연설을 하신다. 버리십시오. 버리면 가벼워집니다. 그런데 생각해보라. 내 집에 있던 것을 밖으로 내다 버리면 그것은 어디로 갈 것인가. 필시 현대의 물건이란 게 내다 버리면 지가 알아서 '직수굿이' 흙으로 돌아갈 성질을 가지지도 않은 터에, 그러면 그것은 결국 쓰레기장으로 가게 될까. 쓰레기장으로 가면 또 어찌 될까. 필시 짜부러뜨려지거나 갈아져서 땅에 매립되거나, 태워지게 될 것인바, 태워지면 곱게 연기로 사라져줄까. 애초에 버려진 얼마 후에 흙으로 돌아가지 못할 성질을 지닌 것들은 반드시 연기로만 사라지지 않게 되어 있지 않나. 사라지면서도 강렬한 흔적을 남기지 않나. 그 흔적이란 순하게 말하면 미세먼지요, 독한 맘 먹고 진실을 말하면 발암물질이 아닌가. 사정이 그러하니, 나는 버리고 살라는 말이 그리 순수하게 들리지 않는 것이다. 자신이 내다 버린 물건들이 사라지면서 공기 중에 남긴 유해물질을 막는답시고 간소해진 집 안에 값비싼 공기청정기를 들이지 않나. 그러니, 간소하게 살자거나, 버리고 살자는 말에는 또 다른 소비를 하라는 달콤하고도 음험한 의미도 들어 있는 것만 같다.

이왕 집을 짓자고 했으니, 집 다 지어지면 내게 온 물건들을 되도록 간직하며 살아야지. 혹시 손주가 생기면 손주가 세상에 나와 맨 처음 입은 배냇저고리, 맨 처음 신은 신발, 맨 처음 본 책, 어느 것 하나도 버리지 말고 집에 간직해야지. 그래서 내 집이 그 아이의 역사가 되게 해야지. 이제 내 집은 그런 곳이 되게 하리라. 집에 대해 생각하는 게 집값이 아니라, 역사라니. 설핏 가슴이 좀 뛰는 것도 같다. 이것은 네가 세 살 때 갖고 놀던 사금파리고 이것은 네가 열 살 때 별을 관찰하던 망원경이요, 이것은 네가 스무 살 때 보던 책이요…… 내 손주에게는 내 집이 보물창고요 저의 역사가 되는 집.

적어도 집이란 게 그 정도는 돼야 하는 거 아닌가. 집값 오르는 거 봐서 후딱 팔아치우고 떠나기 좋을 만큼의 짐만 가지고 사는 '임시 숙소'로서의 집이 아닌, 벽에 가만히 등을 기대고 앉으면 두툼한 시간의 더께가 내 등을 든든히 받쳐주는 집. 그것이 '집'이 아닌가?

2015년 10월 1일, 원룸에서의 석 달을 마감하고 수북의 내 집으로 들어갔다. 들어간 첫날, 나는 걸레질을 했다. 나무 마루가 아니지만 나무 흉내를 낸 바닥을 닦고 또 닦았다. 그것이 내가 새집과 인사하는 첫 의식인 셈이었는데, 사실 나는 얼마 전까지 이 세상에 없던 건물이 서너 달 만에 떡하니 내 집이라고 서 있는 것이 영 어색해서 자꾸 걸레질만 했다. 세상의 일 중에 내가 좋아하는 걸레질. 걸레질을 하면 나는 마음이 그렇게 편안할 수가 없다. 나중에 텃밭을 일구며 걸레질 못지않게 내가 좋아하는 것이 호미질이란 것을 알게 되지만, 집과의 첫 대면의 어색함을 누그러뜨리기 위해 걸레질 말고 내가 할 수 있는 게 없었다.

영국의 농부이자 예술가인 존 버거는 자신의 집을 평생 학교로 삼았던 것 같다. 자신의 집과 집 주변의 자연과 주변 사람들을 보고 대화하고 관찰하고 묵상하며 깨달음을 얻었다고 고백하는 것을 보면 말이다. 나도 과연 그렇게 할 수 있을까? 아직은 거대한 박스 하나 세운 것 같은 이 황량한 집에서. 초기의 이 황량함과 낯섦이 어느 순간 내 손때 묻은 공간으로 탄생하기까지의 과정이 내게는 또한 학교생활이 될 것이다. 이사 오고 나서 반짝하던 가을 더위가 순식간에 물러가고 겨울이 왔다. 공사 자재가 채 치워지지도 않았는데 겨울 눈보라가 신발 벗는 출입구까지 몰아쳤다. 식구도 하나 늘었는데, 강아지 '오야'는 겨울 초입에 왔다. 이 이름 저 이름으로 불러도 가까이 오지 않더니 오야, 하니까 다가와서 이름이 오야가 되었다. 오야는 추워서인지, 이 집이 낯설어서인지 밤이고 낮이고 낑낑거렸다. 낑낑거리면서 눈 쌓인 황량한 마당을 배회했다. 오야가 낑낑거리듯이 나도 낑낑거렸다. 내가 낑낑거릴 수밖에 없는 이유는 그러니까, 서서히 드러나기 시작한 새집의 불편함 때문이었다. 내가 종이에 집을 설계, 라기보다 '그릴' 때는 자연의 힘이 이렇게 위력적이 될 것을 미처 생각지 못했다. 작가 마루야마 겐지가 일찍이 설파한바, 시골(자연)은 정말 '그런 곳', 말하자면 좋기만 한 곳이 아니었다. 자연이란 것이 꼭 상냥하지만은 않다는 사실을 알면서도 나는 그 '불편한 진실'에 대해 생각하기를 부러 외면했는지도 모른다. 또는 내가 너무 일찍 시골을 떠나 도시의 삶에 어느새 익숙해져서 자연 감수성이 떨어졌거나. 자연은 아직 길들지 않은 야생동물과 같은 것이었다. 내가 전혀 예상치 못한 곳에서, 조그만 틈만 있어도 자연은 집으로 파고들려 했고 그런 자연의 완력 앞에서 나는 어찌해야 할 바를 모르고 오야처럼 낑낑댔다. 햇빛 한 줌의 온기가 죽지 않을 수 있게 했다는 신영복 선생의 감옥 이야기를 들은 바가 있지만, 그래서 좀 미안하긴 하지만, 햇빛이 너무 많이 들어와도, 바람이 조금 거칠어도, 아파트 살 때와는 차원이 다른 밤의 한기 앞에서도 나는 오그라들었다.

어떤 유명 건축가 왈, 자연이 들어온 집이 좋은 집입니다. 햇빛이 방 깊숙이 들어오는 집, 바람이 드나드는 집, 사람뿐 아니라 다른 생명도 깃들 수 있는 집……. 나도 집을 지어보기 전에는 그런 줄만 알았다. 햇빛이라곤 한 줌도 들어오지 않는 집에서 산 적이 있어서 햇빛이 많이 들어오는 집이면 무조건 좋은 집인 줄 알았다. 거실에 햇빛이 찰랑찰랑 들어찬 집을 보여준 광고들 영향도 있었을 것이다. 그러나 나는 집을 지어보고야 알았다.

사람이 집을 짓는다는 것은 눈, 비, 더위, 추위뿐 아니라 일정량의 햇빛과 바람도 차단하기 위해서라는 것을. 혹은 햇빛과 바람을 적절히 들이기 위해서라는 것을. 나는 그러니까 집을 설계할 때, 눈비와 추위와 더위 정도만 차단하고 햇빛과 바람은 들여야 한다고 생각했던 것이다. 그러나 햇빛은 유리창을 통해 거의 군대처럼 습격해왔고 바람은 조그만 틈만 있어도 무뢰한처럼 집 안을 드나들었다. 내가 잠깐 방심한 사이에 햇빛과 바람은 저희들끼리 내 집 안에서 희희낙락거렸다. 겨울 햇빛이라고 해서 다 반가운 것이 아님을 나는 집을 지어보고서야 알았다. 그러니까 사람들은 햇빛의 날카로움보다는 박명의 어둑시근함을 가두고 싶어서라도 집을 짓는 것이다. 직접적인 것보다는 간접적인 관계를 맺고 싶어서 말이다. 햇빛과 바람으로부터도, 사람으로부터도 이만큼씩, 혹은 저만큼씩의 사이를 두고 싶어서. 하여튼, 문만 열면 발치에 쌓이는 바람과 햇빛과 눈과 비와 먼지들로 낑낑거리던 겨울이 물러가고 봄기운이 문지방에 와서 노크를 하던 아침, 오야도 나도 낑낑거림을 뚝 멈추었다. 이제 드디어 호미를 들 때가 온 것이다. 아직 다져지지 않은 마당은 발이 푹푹 빠졌다. 시장에 가서 흙일할 몸빼를 하나 사고 햇빛 가릴 모자도 사고 장화도 샀다. 봄 내내 몸빼를 입고 모자를 쓰고 마당에서 살았다. 이웃에서 얻어 온 자목련을 심고 동백을 심었다. 온 집 안이 흙투성이가 되었다. 흙 칠갑이 된 몸을 흙투성이 방에 부렸다가 날이 밝으면 또다시 흙밭으로 나갔다. 옛날 공장에 다닐 때처럼 아침에 일어나면 손가락이 잘 펴지지 않았다. 햇빛과 바람으로 내 얼굴은 순식간에 '원주민'처럼 되었다. 그래도 밤이 되면 어서 아침이 오기를 기다렸다. 나는 옛날에 우리 엄마가 밭에서 일하다가 동쪽 산에서 달이 뜨고 나서도 한참이 지나서야 집에 돌아왔다가 그 달이 아직 서쪽 산으로 지기 전인 캄캄한 새벽에 다시 일하러 가곤 했던 것처럼 캄캄할 때까지 일하다가 캄캄함이 아직 가시기 전에 마당으로 나갔다. 누군가 말했다. 가정(家庭)이란 원래 집과 정원이 합쳐진 언어라고. 그의 말에 따르면 나는 이제야 온전한 가정을 가진 셈인가. 나는 이제 이 가정에서 무엇을 이룰 수 있을 것인가. 무엇을 보고 무엇을 발견하고 무엇을 깨달을 수 있을 것인가. 나는 부지런히 호미를 놀려 그 '무엇'이라는 것을 캐고 날랐다. 내 얼굴과 팔뚝은 새카매졌다. 내 몸이 햇볕에 그을려 새카매지는 동안 돈벌이는 중지되었고 내 소비생활은 제로가 되었다. 집을 갖자마자 빈곤이 나를 엄습했고 그러고 나자 내 머리는 단순해지고 내 마음은 달이 떠오른 내 집 마당처럼 두리둥실 환해졌다. 적요함 속에 별이 반짝이는데 내 집 옆 빈터에서 키를 세운 대나무가 일렁일 때 삶을 향한 익숙한 공포가 밀려올 줄 알았는데 다행히 그러지는 않았다. 봄 내내 새카맣게 탄 보람이 그때사 느껴졌다. 이 몹쓸 집아, 가정아…… 너 땜에 내가 울고 내가 웃는다. 어두운 마당에 서서 혼잣말하는 내 옆에서 오야가 꼬리를 흔든다.

다시 미운 우리 집

집을 다 짓고 들어앉아 살면서 네 개의 계절을 보내는 동안, 내가 이 집을 잘못 지었구나, 하루도 근심 걱정을 하지 않은 날이 없게 되는 사태를 맞이하게 되었다.

가을에 이사를 했는데 곧이어 겨울이 닥쳤다. 멋을 낸다고 유행하는 데크라는 것을 달아냈는데, 한겨울에 데크 공간은 아무 쓸모 없는 공간이 되었다. 눈보라는 물론이고 그곳에 앉아 폼 잡고 차라도 마실라치면 먼지바람이 몰아쳤다. 손님이 사 들고 온 귤 상자를 아무 생각 없이 데크에 뒀는데 꽁꽁 얼어버렸다. 남은 음식을 차가운 데 둔답시고 내놨더니 고양이들이 밤새 잔치를 벌이고 갔다. 물 샐 틈 없는 요새까지는 아니어도 집은 무조건 막고 봐야 되는 것이 아니었던가. 내가 제대로 막지를 못했구나, 막지를 못했어. 막지 못한 것에 대한 후회 속에 겨울이 다 갔다. 봄이 되자 마당이 질척거렸다. 남들 집은 어떤가 봤더니 전부 잔디를 깔아놨다. 서둘러 잔디 씨를 사다가 땅을 고르고 씨를 뿌리고 하다가 봄이 다 갔다. 우리도 이제 남의 집처럼 마당이 푸릇푸릇 제법 전원주택 분위기가 나겠지, 기대했는데 왠지 우리 집 잔디가 남의 집 잔디와 다르다는 것을 발견했다. 내가 뿌린 잔디 씨가 남의 집 마당에 깔린 '조선 잔디'가 아니고 양잔디라는 사실을 처음 알았다. 양잔디는 사철 파래서 주로 골프장 같은 데 뿌리는 종자라 했다. 그럭저럭 '푸르다'는 것에 일단 만족을 할 수밖에 없었다. 여름은 정말 징글징글했다. 특히나 데크 위에 비 막는다고 씌워놓은 투명 플라스틱(전문용어로 폴리카보네이트라고 한다)은 열기를 그대로 흡수해서 실내로 반사했다. 유독 더운 여름이었다지만 플라스틱 지붕재로부터 반사되는 열기는 사람을 늘어진 낙지처럼 만들었고 나는 그 더위 속에서 하염없이 우울했다. 이 노릇을 어찌할 것인가. 돈은 돈대로 들고 고생은 고생대로 하고 있구나. 우울증이 도져서 식구들한테 괜히 화를 냈다. 남들 집은 겨울엔 따뜻하고 여름엔 시원하고 마당도 조선 잔디로 아름다운데, 우리 집은 괜히 멋 낸답시고 데크 위에 플라스틱 지붕을 얹어서 추위와 더위가 주는 공포로 떨어야 한단 말인가. 무슨 정보라도 수소문하여 잔디 종류도 좀 알아보고 나서 잔디 씨를 뿌리든 말든 할 것이지, 축구장도 아닌 마당에 사철 푸른 양잔디는 다 뭐란 말인가. 그뿐인가. 그렇게 지으면 뻔히 짐들이 밖으로 꾸역꾸역 기어 나올 것을 짐작했으면서도 돈 돈, 하는 시공업자 무서워 공간을 더 늘리지 못해서는 아직도 짐들이 제자리를 찾지 못해 방황하는 현실 때문에 내가 집 다 지어놓고도 운신을 못 하는 지경에 빠지게 되어버렸다. 어린 시절, 우리 집이 남들 집과 다른 것에 스트레스를 받았다. 그 트라우마가 내가 집을 짓고 나서 다시 도질 줄이야. 집 때문에 깨어 있으면서 낑낑댔고 자면서도 낑낑댔다. 내가 낑낑대니 우리 집 개도 낑낑댔다. 친구가 집 지었으면 개도 한 마리 키우라고 했다. 개 키우면 들고양이도, 뱀도,

쥐도 접근을 안 한다는 말에 혹해서 과수원집에서 데리고 온 오야는 고양이를 무서워하고 오야가 있건 없건 뱀은 출몰하고 쥐, 두더지, 땅벌이 창궐했다. 무엇보다 내가 낑낑댄다고 저까지 낑낑대는 것이 영 거슬렸다. 사실을 말하자면 나는 오야를 키우고 싶지 않았다. 생명이 내 집에 들어오는 것이 무엇보다 겁났다. 대가 없는 돌봄 노동을 하다가 언젠가 오고야 말 그의 죽음까지를 지켜봐야 할지도 모를 것이 나는 무서웠다. 그런데 오야는 얼떨결에 내 집에서 살고 있고 아침저녁으로 끼이잉 끼이잉, 해대니 나는 아무리 몸이 무거워도 그 애를 데리고 산책을 나가지 않을 수가 없게 되었다. 그리고 오야를 데리고 산책길에 나서기 시작하면서 나의 집 때문에 생긴 낑낑거림이 사라지게 될 줄을 나는 그 때까지는 아직 모른 채로 다만 내가 너 때문에 추운 아침에 이 고생을 해야 하다니, 고달파하면서 오야와의 맨 처음의 산책길을 나섰던 것이다. 그리고 그 산책길에서 나는 나의 이웃들을 만나게 되었다. 최근 우연히 접한 한 책에서 나는 결정적으로 내 집이 그리 나쁜 집만은 아니라는 사실을 깨닫게 되었다.

좋은 집의 첫째 조건은 손볼 곳이 많은 집이라 했다. 아, 그러면 그 집이 바로 우리 집이 아닌가. 완성된 집은 내가 끼어들 여지가 없어서 좋지도 재밌지도 않다는 것이다. 이곳저곳 손볼 곳 많은 집, 뭔가 엉성한 집, 이렇게도 해보고 저렇게도 해보고 싶은 여지가 많은 집, 남들이 아, 좋다, 고 차마 말하지 못하는 집, 그러나 언제나 내 손길을 기다리고 있는 집. 그 말에 의하면 내 집이 엄청나게 좋은 집이 아닌가 말이다. "내 집은 좋은 집이다, 왜냐, 손볼 곳이 많기 때문에" 하고 나니까, 갑자기 우리 집이 좋아지기 시작하면서 나의 낑낑거림이 시나브로 멈추는 기색이 느껴졌다. 내가 낑낑거림을 멈추니 오야도 멈춘 것 같았다. 어느 순간 오야가 의젓해졌다.

두 번째 좋은 집의 조건은 좋은 이웃이라고 했다. 나는 원래 이곳 수북에 터를 잡기 전, 인가가 없는 깊은 산골짜기도 가봤다. 주변 경치는 더할 나위 없이 좋았다. 이 집을 지으면서도 가끔 그곳이 생각났다. 이 집 주변으로는 인가들이 빼곡했다. 내가 저 이웃들과 날마다 얼굴을 맞대고 살아야 하는데, 내가 과연 그들과 잘 지낼 수 있을까, 더럭

겁이 났던 것이 사실이다. 그런데 집을 짓고 1년을 살아보니, 좋은 집의 조건으로 좋은 이웃을 드는 이유를 알겠다. 사람이 사람과 어울려 산다는 것이 얼마나 큰 축복인지도 알겠다. 오야를 데리고 산책을 하다 보면 개도 제 동족을 얼마나 반가워하던지. 산책길에 거위 할머니도 만나고 염소 할아버지도 만났다. 내가 사는 동네는 원래 대나무밭이었다. 그 밭을 업자가 택지로 개발하여 분양했는데 거의 도시에서 온 사람들이 집을 짓고 산다. 사람은 환경에 따라 그 삶의 양태가 달라진다. 도시에서 살 때는 이웃이 누구인지도 모르고 살다가 이곳에 오니 도시 사람들이 모두 촌사람들이 되었다. 김치를 담가 나눠 먹고 뭐든지 이웃과 나누고 싶어 '환장'들을 한다. 음식을 나누고 대화를 나누고 문화를 공유한다. 내가 만약 이웃이 없는 산골에 집을 짓고 살았다면 불가능한 일이다.

무엇보다 이 집, 이 동네가 좋은 이유는 아이들이 있어서다. 나의 이웃에는 유치원에 다니는 아이도 있고 초등학생은 셀 수도 없이 많고 중학생, 고등학생, 대학생도 있다. 말 그대로 아이들이 구물구물하다. 일요일이면 골목 가득

아이들이 논다. 저녁이면 엄마들이 아이들 부르는 소리가 나고 아침이면 이웃집 아이까지 깨우는 엄마들 소리가 내 잠도 깨운다. 어느 날, 아이들 노는 것을 물끄러미 구경하다가, 내가 이 아이들이 크는 과정을 고스란히 다 볼 수 있겠구나, 그렇게 내가 늙어가겠구나, 하는 생각들이 들었고 그러자 정말 기분이 좋아졌다. 그 모든 과정을 내가 보고 내 집이 볼 것이다. 그 아이들이 동네 어귀에 들어서 머리 하얀 나를 보고 할머니, 하고 달려올 것이다. 저희 집과 이웃해 있는 내 집 지붕을 보고 반가워할 것이다. 집이란 그런 것이다. 내 집뿐 아니라 이웃집이 안녕한 것을 보고도 안심이 되는 것이다. 내 집과 이웃집이 한데 어울려 정다운 한 풍경을 이루는 것, 집은 그럴 때 명실상부한 집이 되는 것이리라.

동네에는 또 구순이 넘은 할아버지도 있다. 씨앗이나 나물이나 찐 옥수수를 아무렇지도 않게 이 집 저 집에 두고 가신다. 아무도 없어도 놓고 간다. 그 모습이 너무도 자연스럽다. 그것을 보고 큰 아이들이 또 나중에 그럴 것이다.

나는 지금, 손볼 곳 많아서 좋은 집에 산다. 좋은 이웃이 있어 좋은 집에 산다. 먼 데 갔다가 오면서 보면 내 집은 어떤 날은 기계충 먹은 머리를 득득 긁고 있는 머시마처럼도 보이다가 또 어떤 날은 갓 감은 머리를 곱게 빗은 가시내처럼도 보인다. 나는 야, 머시마야, 하기도 하고 야, 가시내야, 나 왔다, 하면서 집으로 쓱 들어간다. 그렇게 나는 내 집을 들어갔다 나왔다 하면서 지금 살고 있다. 미운 것은 확실하지만 자세히 보면 이쁜 구석이 아예 없지도 않은 것 같은, 석 달 열흘간 뚜덕뚜덕 지은 집에서.

3부

○

밥이나 집이나 한가지로

수북이조(水北二條)

담양 수북으로 이주해 오기 직전, 시골에 가서 살려면 아무래도 자동차가 있어야 할 것 같아서 중고 자동차를 구입했다. 차가 있으면 가까운 도시인 광주까지는 30분, 읍내까지는 10분, 면 소재지까지는 5분이 걸린다. 그런데 이곳에 이사와 사는 중간에 그만 눈길에 미끄러지는 사고가 났다. 사람이 다치지는 않았지만 차는 손쓸 수 없을 정도로 망가졌다. 수리비를 생각하면 배보다 배꼽이 더 큰 상황이라 결국 폐차를 했다. 도시에 살 때는 집 앞에 버스 정류장이 있고 택시도 많고 지하철도 있어서 차 없이도 살 수 있지만 시골은 그렇지 않다, 라고 여겼다. 차가 없어진 순간부터 다시 차 살 걱정부터 했다. 그렇게 차를 사야겠다, 차를 사야 할 것이다, 차를 사야 하나? 하면서 1년이 가고 2년이 갔다. 그리고 나는 지금 차 없는 생활에 그럭저럭 적응해가고 있다. 차가 없어졌을 때, 차 없으면 시골에서 살 수 없을 것 같았다. 그러나 나는 지금 차 없이 살고 있다. 차가 없어서 생기는 불편함은 이제 좀 익숙해졌다. 얻은 것도 있다. 큰 짐 하나가 없어져서 마음은 확실히 좀 편해졌다.

내게 차가 있었다면 볼 수 없었을 풍경. 읍내에서 닷새마다 서는 오일장에 가려면 군내버스를 타야 한다. 일반 마트에서는 구입할 수 없는 것들이 오일장에는 있다. 시골 사람들이 농사지어 가지고 나온 이름도 갖가지의 콩 종류들, 감자 종류들, 나는 감자가 그렇게 종류가 다양한 줄 오일장에 가보고야 알았다. 예전에 자주 먹었던 돼지감자는 도시의 마트에서는 구하기 힘든 것이다. 으름, 깨금, 다래도 그렇다. 나는 그런 것들을 사러 군내버스를 타고 오일장에 간다. 승객은 대부분 노인들. 특히 할머니들은 자신들이 수확

한 것을 장에 내다 팔고 필요한 것을 사야 하기에 장날이면 버스 안에 보따리들이 가득하다. 할머니들은 차를 탈 때 이렇게 탄다.

일단 보따리를 차에 먼저 올려놓는다. 그런 다음에 지팡이도 올려놓는다. 그리고 자리에 앉는다. 자리가 없으면 차 바닥에 아무렇게나 일단 앉고 본다. 그다음에 호주머니를 뒤진다. 돈이 들어 있는 주머니가 나온다. 천천히 일어나 천천히 걸어가서 돈을 일일이 세서 천천히 차비 통에 넣는다. 이런 일련의 과정 동안 움직이는 노인이 다칠까 봐 차는 꼼짝 않고 서 있다. 대부분이 노인들이라 그런지 승객들 또한 이런 느린 행동에 누구도 뭐라는 사람이 없다. 오히려, 천천히 하시오, 천천히. 싸목싸목, 천천히.

아뿔싸, 그런데 이런 느리디느린 한 할머니의 일련의 행동이 끝나고 나서 불상사가 일어났다. 집 뜨락에서 주워 온 은행을 팔러 장에 나가는 꼬부랑 할머니가 호주머니 속에 비닐로 칭칭 동여맨 차비를 꺼내다 그만 동전이 와그르르 차 바닥에 쏟아져버린 것이다. 겨우 출발하나 싶었던 차는 할머니가 동전을 다 줍는 동안에 다시 섰다. 할머니가 돈 통에 돈을 집어넣고 돌아서다가 다시 한번 아차차, 차비로 내려고 했던 돈은 손에 쥐고 있고 다른 돈을 집어넣어 버렸다고 아고고, 아고고. 세상천지 무너지는 소리가. 할머니가 차비보다 많은 돈을 집어넣었기 때문에 차액만큼 동전이 다시 와그르르 와그르르 차비 통에서 쏟아져 나오고 그 돈을 할머니가 다시 비닐에 넣고 하는 동안에 차는 다시 정차. 그러는 동안 승객들은 또 천천히 하시오, 싸목싸목, 천천히. 나 나름대로 그날의 풍경을 '할머니의 동화'로 이름 지었다. 각본 없는 드라마 '할머니의 동화'는 시골 오일장 날의 버스 간에서 수시로 실시간 생방송으로 볼 수 있다. 관심 있는 분들은 참고하시길.

여차저차 장에 도착. 음식 재료 사서 냉장고 채우는 일은 내게는 상당히 유혹적인 욕망 중의 하나. 시장에만 가면 이것도 저것도 사고 싶어 눈이 핑핑 돌아간다. 채소전의 싱그러운 부추, 배추, 무, 미나리, 시금치, 파, 당근들. 어물전의 싱싱한 갈치를 사다가 채소전에서 산 무를 깔고 양념간장 얹어서 갈치조림을 해놓으면 행복감이 밀려올 거라고, 상당히 행복해질 거라고, 뭔가가 내게 속삭인다. 사라, 사. 눈을 떴다, 감았다 하는 제주 먹갈치를 사. 먹갈치에는 무시여. 딴딴하고 단물 나는 가을 무시. 무시를 사랑게 무시하고 그냥 가냐? 무시를 무시하지 말라. 배추. 속이 꽉 찬 가을배추 반 갈라 씻어서 물기 촉촉 털고 갈치속젓에 쌈 싸서 한번 잡솨나 봐. 뭣이 중헌디. 먹는 것이 중허지. 옴마, 배추를 배추로 보네, 배추를 배추로만 보지 맙시다. 배추는 나물입니다. 여러분. 자 요리를 시작해봅시다. 먼저 속이 꽉 찬 배추를 골라 반 갈라 씻어요. 뽀독뽀독 씻습니다. 다 씻었으면 살짝 데칩니다. 데친 배추를 무칩니다. 마늘 반 스푼, 참기름 반 스푼, 어간장, 어간장 없으면 조선간장 치고 조물조물 무쳐요. 자아, 배추나물 완성이요. 보시고 좋아요와 구독 눌러주세요. 여러분, 미나리 어떻습니까? 미나리. 이름만 들어도 기분 좋지 않습니까? 자아, 저를 따라 해보세요. 미 나 리이. 이쁘죠? 참 이쁜 미나리. 이름도 이쁜데 미나리 들어간 음식은 얼마나 이쁘겠습니까. 미나리 팍팍 무치지 마시고 미나리 살짝 사부사부해서 초간장에 찍어 먹어요. 미나리로 말할 것 같으면 식욕을 촉진시켜 대장

활동을 좋게 하여 변비를 없애주고 피를 맑게 해줍니다.

채소전을 그렇게 지나간다. 곧바로 이어지는 생선 코너. 가자미가 맞나요, 간재미가 맞나요? 간재미와 가오리는 어떻게 다른가요? 가오리회의 추억을 잊을 수가 없어요. 잔칫집이었죠. 눈은 펄펄 내리고. 뭔가 코끼리 귀처럼 생긴 생선을, 꽝꽝 언 생선을 엄마들이 '까죽'을 벳기네요. 까죽 벗겨져서 허여멀건해진 그것을 막걸리에다 담그더구면요. 막걸리에서 건진 그것을 탕탕, 뽀사요. 뼛다구도 좀 있는 생선입니다. 그것을 무채하고 미나리하고 무처럼 역시 채 친 배하고 섞어서 식초, 고춧가루, 마늘 등등으로 무치더만요. 빠락빠락 무쳐요. 그것이 잔칫상에 빠져서는 안 될 홍어 대신한 가오리여요. 그 맛을 지금도 잊을 수가 없네요. 가오리회 옆에 꼬막은 필수죠. 꼬막은 이왕 산 김에 참꼬막으로. 새꼬막 말고 참꼬막이요. 차이는 껍질의 골을 보면 알죠. 새꼬막은 골이 얕고 참꼬막은 껍질 골이 굵죠. 맛은 참꼬막이 좋다고들 하데요. 나는 새꼬막도 좋더라고요.

아, 유혹이다. 무, 배추, 미나리, 가오리, 꼬막⋯⋯. 그러나 나는 그 모든 유혹을 과감히 절단하고 왕두부 한 모 사고 파래 한 그릇 사서 장을 나온다. 사 가지고 집에 가봐야 먹을 입이 단출하기에. 아, 그런데 오일장이라는 데는 왜 그리도 먹고 싶고 사고 싶은 것이 많은지. 먹고 싶고 사고 싶은 욕망을 끊어내지 않으면 큰일 나겠다, 큰일 나. 해서,

차가 없어서 생기는 불편함을 아무렇지 않게 받아들이기, 식재료 사서 냉장고에 쟁여놓고 싶은 욕망 끊어내기. 수북 살면서 필요한 두 가지를 우선 적어둔다. 이름하여, 수북이조.

염천시하(炎天時下)

비누 한 장, 우유 한 통, 감자, 양파, 새우젓……을 사러 집을 나선다. 배낭을 메고 선글라스, 모자를 쓰고 우산까지 펴고 용감하게 뜨거운 태양 아래로 턱 내려서자마자 날카로운 열기가 시멘트 길에서 훅 올라오고 하늘에서 내리꽂힌다. 길은 말 그대로 찜통이고 나는 어디로 피할 곳도 없이 길 위에서 삶아진다.

그래도 한 발 한 발 오직 내 발걸음만 믿고 앞으로 나아간다. 그렇게 무념무상으로 나아가다 보면 반드시 목적지에 닿는다는 것을 굳게 믿으면서. 지난봄에 노인 일자리

사업에 나온 노인들이 심은 길가 철쭉이 모두 말라 죽었다. 말라 죽은 나무를 보니 속이 콕콕 아프다. 깨밭에서 얼굴을 알아볼 수 없게 중무장한 아주머니가 깨를 베고 있다. 고적한 들판 길에서 사람이라고는 아주머니와 나 단 두 사람. 일하는 쪽에서 말을 붙일 순 없으니 내가 먼저,

해나 지면 비지요. 염천에…… 힘들잖아요는 생략.

모구 없을 때 하니라고…… 허리도 안 펴고 대답한다.

모구들도 꼬실라질깨비 낮에는 안 나온단께, 즈그들도 살라고이. 그 쪼깐헌 것들도 더운 것은 아는개비여…… 순하게 웃는다. 더운 열기도 어쩌지 못하는 순한 웃음.

뙤약볕에서 고구마밭 김을 매다가 내가 사카린 타서 갖다 준 물 한 모금에 말도 못하게 기쁘게 웃던 울 엄마의 웃음. 그 순간이 기쁘고 좋아서 벙실 입만 벌려 웃는 웃음과 뜻밖에 다시 만났다. 소롯한 농로에서 작은 감격.

고추밭에서 완전무장한 할머니가 짐승처럼 네발로 기며 고추를 따고 있다. 또 그냥 지나치기 싫어서,

더워요, 더워.

마스크를 벗고 이잉, 한다. 이잉, 더운디 어디 가? 하늘

을 가리키며 순전히 쐬기랑게, 쐬기여. 더위도 쐬기고 떨어진 고추 짓물러진 것도 쐬기. 쐬기에 쏠린 것처럼 아프다고 굳이 끝까지 말하지 않고 그냥 쐬기. 자식 같은 고추들이 열기에 익어 손이 닿기도 전에 후드득 떨어진다.

이른 아침에 집에서 가까운 산길로 산책을 나갔다. 물이라고 해야 겨우 발목이나 적시는 계곡에 캠핑 천막이 빽빽하다. 이 집 저 집, 그러니까 이 천막, 저 천막에서 부산하게 아침을 준비한다. 이곳은 식수원 보호구역이므로 야영 및 취사를 금지합니다, 란 펼침막이 걸어진 쇠기둥에 천막 끈을 묶고 집에서 키우는 개까지 묶어놓고 라면을 끓이고 아침부터 고기를 굽는다. 야영을 나왔으므로 다소 들뜬 야영용 목소리로 아이들을 깨우는 소리가 계곡을 울리고 계곡 근처 닭백숙 식당 화장실 앞에 사람들이 장사진. 그리고 어디선가 들리는 새된 소리.

어제부터 여기까지가 우리 집이요.

뭔 소리 원래 거기까지가 우리 집이지이.

어제 당신네 집이 탁자를 철수했잖소.

탁자를 잠시 접은 동안 당신네가 침범해잖아아.

근데 당신 몇 살이여.

몇 살이면 어쩔 건데.

아니, 이 자식이.

뭐? 자식? 내가 왜 니 자식이야, 내가 왜…….

내일이면 접을 천막. 그러나 다투는 순간에는 천막에
서 천년만년 살 것처럼. 해는 떠오르고 열기는 급속 상승
중. 조금이라도 물이 더 고여 있는 곳에 식사 테이블을 놓
으려는 자와 다 같이 즐겨야 할 물을 혼자 차지하려는 자
를 징치하려는 자들로 시끄러운 계곡의 인간들이 어디선
가 들려오는 괴이한 소리에 싸움을 뚝 멈춘다. 웨애애애애
앵. 캠핑족들은 그 정체를 알지 못할 소리는 배나무 과수원
에서 농약 치는 소리.

캠핑족이나 뭐나, 한 개라도 건질라면 하는 수 없지,
뭐. 약 치면서 나도 무섭지, 허나 벨 수 있나. 안 치면 한 개
도 못 건지는데. 약 안 치면 비싸고, 비싼 것은 놔두고라도
먹지를 못하는데. 도시 사람들이 말이여, 약 치면 약 친다,
비싸면 비싸다, 요구사항을 한꺼번에 하지 말고 한 가지로
일원화해라 이거여, 내 말으은.

웨애애애앵. 질세라 말매미도 왜애애애앵.

저것이 꼭 내 약 치는 소리허고 경쟁할라고 그러네, 경
쟁을 할라고 그래.

웨애애애애앵.

강감찬 장군의 특등 병사

한참 꽃이 피던 시절에는 날이 추웠다. 아카시아꽃이 추운 날씨를 못 견디고 너무 빨리 져버린 통에 꿀벌 치는 사람들이 울상이었다. 봄 같지 않은 봄 때문에 즐겁지가 않았다. 짧은 장마 끝에 타는 가뭄이 너무 길었다. 한낮엔 맨 흙바닥에 발을 댈 수가 없이 온 세상천지가 펄펄 끓었다. 여름은 너무 여름 같아서 죽을 맛이었다. 일망무제로 높고 넓어진 가을 하늘을 기대했건만 또 날마다 장마 같은 장대비가 하루가 멀다 하고 퍼붓는 통에 온 집 안이 눅눅하다. 눅눅한 방바닥에 개미들이 떼 지어 출몰한다. 개미를 쓸어내며 울고 싶어진다. 날씨만 놓고 보면 올해는, 그리고 아직까지는 그리 행복하지 못한 날들이 이어졌던 것 같다. 그리고 그칠 것 같지 않던 비가 뚝 그친 어느 날을 틈타 기습적으로 김장 무씨를 넣고 김장배추 모종을 했다. 씨와 모종들은 너무 비가 안 와도 안 되고 너무 비가 많이 와도 안 되는지라 비가 오기를 기다리는 건지, 안 오기를 바라는 건지 알 수 없는 날이 이어졌고 그리고 비는 어김없이 장대비로 쏟아졌다. 무씨는 썩을 수도 있고 배추 모종은 그 뿌리가 일어나서 어느 해 나는 날 다 말라버릴 수도 있다. 그러나 나의 우려와는 다르게 비 그친 어느 날 아구메야, 시상에나, 만상에나 무씨는 내가 씨를 넣은 딱 그만큼씩 움쑥움쑥 돋아나 있고 배추 모종은 가늘디가는 실뿌리를 착근히 땅에 내리고 그 어떤 시련에도 굴하지 않을 품새로 강감찬 장군 특등 병사들 모양으로 늠름하다. 우리 집 무, 배추들을 보고 이웃 할아버지가 그렇게 말씀하셨다. 홧따매, 강감찬 장군 특등 병사들 모냥으로 늠름허시.

시골에 이사 와서 작은 텃밭을 일구고 씨앗을 땅에 넣을 때마다 사실은 그런 비슷한 노심초사를 했다. 이 작은 씨앗에서, 지금은 그 어떤 형태도 상상할 수 없는 그 조그만 먼지, 혹은 부스러기 같은 물체에서 어떻게 그 풍성한 초록의 잎이, 그 장대한 줄기가, 그 튼실한 열매가 생겨날 쏘냐, 긴가민가해지던 것이다. 의심이라면 의심이고 불안이라면 불안인 그런 심사는 그 조그만 씨앗들에서 싹이 터서 흙 위로 삐죽삐죽 올라와줄 때에사 눈 녹듯 사라진다. 그동안에 나는 오늘은 싹이 텄나, 안 텄나, 자고 일어나면 밭으로 내달렸음은 물론이다. 그러나, 모든 씨앗은, 언제나 딱 내가 뿌린 만큼 올라왔다. 올라와서 벌레라던가, 새한테 제 몸을 내준 것 말고는 언제나 나의 씨앗들은 난만큼 정확하게 커주었다. 그러고는 햇빛과 바람과 물의 힘만으로도 내게 천둥 같은 기쁨을 안겨다 주었다. 내가 보탠 것은 오직 노심초사뿐이었는데도.

시장에 가서 깜짝 놀랐다. 지난했던 봄과 여름을 생각하면 흠집 하나 없는 노오란 배, 윤기가 흐르는 붉은 사과, 탱글탱글한 포도가 어떻게 시장에 나올 수가 있단 말인가, 싶어서다. 나는 지레 포기했었다. 올해는 과일 같은 것은 먹어볼 수 없을 거라고. 그러나, 시장에는 작년이나, 재작년이나 똑같이 과일 장수는 과일을 팔고 채소 장수는 채소를 팔고 있었다. 농부들은 어떻게 저 채소들을, 저 과일들을 시장에 내놓을 수 있었을까. 나는 이따금 학교에서 쏟아져 나오는 아이들을 보고 놀란다. 아, 저 많은 아이들을, 저 아이들만큼이나 많은 누군가가 기르고 있겠구나, 그리고, 나도, 내 동무들도, 지금의 어른들도, 그 어른들의 어른들도 다아 그렇게 누군가의 수고로 길러져서 아이가 어른이 되었겠구나, 새삼스러워져서 아이고, 소리가 절로 나올 때가 있다. 자연 다큐멘터리에 나오는 코끼리도, 원숭이도, 누가 있구나. 엄마, 아빠, 이모, 고모, 삼촌도 아니면, 또 다른 누가.

예전에 우리 어머니는 내가 말썽을 부리면, 나중에 꼭 너 같은 자식을 낳아봐야 내 속을 알 것이라는 말씀을 노상 하셨다. 그때는 그 말이 그렇게도 듣기 싫었는데, 아니나 다를까, 내 아이가 내 속을 상하게 할 때면 나도 모르게 우리 어머니의 그 말씀이 내 입에서도 나왔다. 내가 아직 아이였을 때 나는 나 혼자 알아서 큰 줄 알았다. 세상에 그 어

떤 것도 절로 크는 것은 없다는 것을 알게 됐을 때는 내가

나 같은 자식을 낳아 기르면서부터. 강감찬 장군의 특등 병

사 같은 배추를 심고 가꾸면서부터.

무시잎삭

광주에는 《전라도닷컴》이라는 월간지가 있다. 그 《전라도닷컴》과 광주민속박물관에서 해마다 '전라도 말 자랑대회'를 연다. 그 대회에 나온 한 할머니의 이야기.

할머니는 장에 갔다 오는 길에 산기가 있어 길가 아무 집이나 들어갔다. 사람이 없어서 그 집 방으로 들어가지는 못하고 부엌으로 가서 애기를 낳았다. 속치마를 벗어 애기를 감싸 안고서 피가 흥건한 부엌 바닥에 아궁이 재를 덮었다. 본 사람은 없어도 미안해서. 집까지는 시냇물을 건너고 산길을 걸어 30리 길. 하혈은 계속되고 피가 고인 고무신이 미끄러웠다. 징검돌을 건너는데 미끄러워 애기를 시냇물에 떨어뜨릴 뻔. 날은 어두워 오고 산길을 걷는데 피냄새를 맡은 산짐승 울음소리가 산모를 쫓아오더란다. 잡히면 애기고 산모고 흔적도 없이 피에 굶주린 짐승의 밥이 될 판. 여기는 마왕이 쫓아오는 중세의 숲이 아니라 1950년대의 남도의 어느 야산. 짐승의 습격을 따돌리고 해가 진 어두운 길을 달려 집에 도착한 엄마의 아기 이름은 길님이. 길에서 났다고 길님이. 개똥밭에서 나면 개똥이. 변소에서 나면 분순이…… 이제는 할머니가 된 그 엄마들은 하나같이 말한다. "애기 낳고 바로 다음 날 또 밭으로 일하러 갔다"고. 엄마들은 애기 낳고 일하고, 일하고 애기 낳고, 애기 낳고 일하고, 일하고 애기 낳고…… 그렇게 낳은 길님이, 개똥이, 분순이는 다 어디로들 가버렸다. 도시로, 도시로. 남의 집 헛간 지푸라기 위로, 남새밭 열무 잎삭 위로, 모르는 사람 묏등 위 잔디 위로, 소나무숲 솔가리 위로 퐁당퐁당 나왔던 그 아이들은 다 가버리고 할머니 혼자 옛날 간날 그 아이들 이야기를 한다.

타고 있던 '인부 배달' 차가 빗길에 미끄러져 뒤집어졌다. '가실 무' 수확하는 일 나갔다가 참변을 당한 길님이, 개똥이, 분순이 엄마들. 엄마들은 일을 하러 나갈 때 집에 '꽃잠'을 두고 간다고 했다. 달콤한 잠을 자고 싶은 마음 '꿀떡' 같은데도 일을 나가는 엄마들이 신고 간 빨갛고 파란 '비니루 장화', 꽃무늬 자잘한 오천 원, 만 원짜리 몸뻬, 알록달록한 바람막이 잠바들이 도로 가상에서 빗물에 젖고 있다.

  길님이, 개똥이들이 떠나고 없는 마을에 길님이네 엄마, 개똥이네 아버지들은 새벽밥을 먹고 당신들을 데리러 온 인부 모집 봉고차나 경운기에 실려 일하러 간다. 일당 벌이 하러 간다. 일하러 갈 때도 일 마치고 올 때도 경운기 뒷좌석에 가득가득, 봉고차에 가득가득. 그러다 사고가 났고 평생을 일밖에 모르고 산 아버지, 엄마들이 목숨을 잃었다. 차만 다니기 좋게 만들어놓은 길에서. 아니 도로에서.

  그 엄마들이 길님이를 길에서 낳을 수 있었던 것은 사람 다니기 좋은 길 덕분일 거라. 그 엄마들이 밭에서 개똥이를 낳을 수 있었던 것은, 들판도 집이나 한가지로 푸근해서였을 거라. 변소간이라고 다 더럽기만 했간디. 거름 냄새 고소하고 닭이고 맴생이고 다아 변소간에서 얼마나 다정

시레 살았간디. 그런 디여, 변소간이란 디가. 그렇게 다정한 곳이니 분순이도 낳을 수 있었을 게라.

이제 촌에 길은 없다. 도로만 있다. 망할 도로만. 이 마을과 저 마을을 실처럼 이어주는 길은 없고 이 마을과 저 마을을 끊어놓는 도로만. 태기가 있다 한들, 길 아닌 도로에서는 애기 못 난다. 애기 낳다 죽는다. 돈 없어, 집 없어, 애기 못 낳지 않아요, 애기 낳아도 '암시랑토' 않은 길이 있는 마을, 길님이, 개똥이, 분순이가 지푸라기, 열무 잎삭, 솔가리 위에다 애기 낳아도 좋은 마을에서는 애기 많이 낳아요. 돈 돈 하지 마세요, 프레임을 자꾸 그쪽으로 몰고 가지 마세요. 돈 많이 안 들고 애기 키울 수 있으면 애기 나요. 길에서 애기 나도 암시랑토 안 하는 동네, 마을, 나라. 그렇게 보드라운 데서는. 내가 걸어 다닐 수 있는 길 안에서 품앗이를 할 수 있는 길이 있는 데서는.

애기도, 젊은이도 없는데 노인들이 차를 타고 가서 일당 벌이하다가 죽는 데서 누가 애기를 나요. 그요, 안 그요.

그 엄마들, 아버지들 사고 소식 알리는 뉴스 보며 혼자 해보는 소리. 말이 된가 안 된가 따질 것도 없이 해보는 소리.

길님이 엄마들, 개똥이 아빠들이 남긴 알록달록한 몸
뻬, 모자, 장화, 잠바들이 빗물에 젖고 후딱 지나간 화면
에 수확하다 묻어 왔는지 꽃무늬 몸뻬에 붙은 무시잎삭.
무잎사귀가 아니라, 그냥 무시잎삭. 비에 젖고 또 젖고 있
는…….

밭 가운데 소파에서

부모님 산소에 가는 길. 세상은 꽃 천지. 꽃구경 나온 차들로 도로는 주차장. 하늘과 먼 산은 뿌옇다. 미세먼지인지, 거세먼지인지, 목은 칼칼, 눈은 뻑뻑. 봄은 봄이고 꽃구경의 본능을 억제할 수 없는 사람들은 차를 끌고 꽃이 있는 곳으로, 자연이 있는 곳으로 뛰쳐나오듯 나와서 결국 도로 위차 안에 갇힌다. 셀프 감금된다. 어머니, 아버지 산소 자리는 원래 깊은 산중에 있었다. 길은 겨우 사람이 지나다닐 정도. 그 길은 이제 트럭이 지나다닌다. 산길이 도로가 되었다. 길만 보이면 어떡하든지 차 다니기 좋게 만들지 않으면 안달이 난 사람들의 원대로 기어코 나버린 찻길. 산길이 차가 다닐 수 있는 길이 되자 그 길을 따라 산 위로 차를 타고 올라온 사람들이 집을 지었다. 나는 한때 '나의 살던 고향'이 이대로 가면 없어질 것을 걱정한 적이 있었다. 음악도 음산하게 깔고 '지방 소멸'을 경고하는 방송은 일면 사실이고 일면 아닌 것도 같다. 소멸을 앞둔 땅에 자꾸 들어서는 '전원주택'은 뭘까. 살지는 않고 놀러만 올 별장일까. 붉은 벽돌, 스패니쉬 기와, 징크를 두른 멋진 집들이, 타운하우스란 이름을 단 주택단지가 산 위에, 골짜기에 '툭툭' 들어섰다. 그들이 상수도와 하수도 문제를 어떻게 처리했는지는 몰라도 그들의 주택 옆에서 농사를 짓는 원래의 농부들과 갈등이 생겼다. 골짜기 물이 더러워지는 것은 그들이 온 뒤부터라고 원래의 농부들은 주장하고, 전원주택 사람들은 사람이 살기 시작했는데도 원래의 농부들이 새로 들어온 사람을 배려하지 않는다고 큰소리를 낸다. 경운기를 몰고 산 밭에 일하러 갔다가 전원주택 사람들하고 쌈이 난 농부 말 좀 들어보소.

해 뜨면 일을 해야 해요. 왜냐, 그것이 농부의 시간이야. 해 뜨면 일하고 해지면 자는 게. 해가 뜨고 아침이 와서 경운기를 몰고 일하러 갔어요. 내 땅을 내가 갈지 누가 갈어. 그래서 갔지. 항의가 들어와요. 꼭두새벽부터 소음 공해 일으키지 말라고. 남 배려를 해야 할 것 아니냐고. 배려랴, 배려. 말인즉슨 멋지지. 배려. 시벌 조또, 배려이. 아나, 배려.

약을 했네. 약 안 하면 어쩌라고. 약 안 하고는 한 개도 못 건지는디. 누구는 하고 싶어서 하냐 이거여. 농약값은 좀 비싸? 농사져서 팔아도 약값도 안 나와. 그래도 쳐야지 별수 있어? 그럼 죽여부러? 작물도 생명인디. 약을 쳤지. 진딧물 죽으라고 이. 또 뛰쳐나와. 자기들 먹는 지하수 오염된다고 염병을 해, 염병을. 자기들 생명이 걸린 문제라고 검사해서 결과 나오는 것 보고 날 죽여분대. 즈그들은 살고 나는 죽어야 되네? 아나, 주거라, 새끼들아, 주기랑게, 주거어.

기가 차고 속이 답답해서 술을 한잔 묵었어. 맨정신으로 살 수가 없어. 술이라도 묵어야제. 안 그러면 못 견뎌. 저것들의 학정을. 술을 먹으면 술이 취하제. 취한 정신에 쓰레기까지 분리수거할 정신이 없어. 술 먹은 자리에 빈 병을 뒀

제. 또 기어 나와. 쓰레기 암 데나 버린다고. 내가 자연 파괴의 주범이랴. 일하다 보면 술도 좀 먹을 수 있고 먹다 보니 술병이 좀 쌓였을 뿐, 내가 자연을 왜 파괴해. 파괴범은 지들이여. 집은 그냥 졌나? 자연 파괴하고 졌지. 나무 베고 시멘트 부어서 진 거 아녀, 지브을.

공기 좋은 시골에서 조용히 살고 싶어? 아나, 조용. 조용히 살고 있는 동네 와서 시끄럽게 하는 자들이 누군데, 누구냐고오. 뭐, 그럼서 한다는 소리가 내가 자기들 인권을 유린한댜, 유린. 밖이고 안이고 인간들이 아조 똑똑혀. 유린이라니, 뭣이 유린이여. 유린이가 누 집 애기 이름이여? 아나, 유린이.

"낚시 금지 구역이라는 팻말이 붙어 있지만 호숫가 곳곳에는 낚싯대를 펼쳐놓은 사람들이 앉아 있습니다. 낚시객들이 머물렀던 자리마다 일회용 부탄가스 캔, 라면 용기, 빈 술병 등 각종 쓰레기들이 나뒹굽니다……" 기자의 카메라는 쓰레기가 부유하는 호숫가에서 법을 어기고 낚시하는 사람이 쳐놓은 텐트를 밀착 줌인한다.

"경작 금지 알림판 주변으로 각종 농작물과 쓰레기들이 잔뜩 쌓여 있습니다. 어디까지 텃밭이고 어디서부터 쓰레기인지 구별이 힘들 정도입니다. 포장마차 구조물과 소파, 냉장고 여러 대가 섞여 있고 석면 지붕 조각들도 버려져 있습니다. (…) 서로의 영역을 지키기 위해 표시도 해놨습니다."

'불법 낚시'와 '불법 경작' 고발 뉴스. 스마트폰 뉴스.

불법? 불법 좋지, 불법이 좋은 거여. 이 소파도 누가 불법으로 무단투기한 덕에 내가 주워 와서 잘 쓰잖아. 저것들은 이런 거 버리지도 않아. 차 불러서 돈 주고 버리더라고. 나 주면 내가 얼마나 잘 쓰겠어. 그러나, 안 줘. 이른바, 합법적 처리라나 뭐라나. 합법? 아나, 합법. 합법 같은 소리 하고 자빠졌네.

농부의 밭 가운데 소파는 황실가구.

황실 소파는 길에서 왔고 저기 서 있는 디오스 냉장고는 산속에 꼴아 백힌 걸 애써서 끄집어 왔어. 냉장고도 요긴해. 이것저것 수납장이지. 수납장. 문짝에 약병, 몸체에 물, 막걸리, 일복, 뭐 다양해. 저 사람들이 또 지랄이지. 밭

가운데 소파, 냉장고 보기 싫어하더라고. 미관상 싫다고. 자기들 취향을 존중해달래나 뭐래나. 여자가 독살 맞게 쏘더라고. 이건 말예요, 일종의 시각 공해라구요, 시각 공해. 시각이고 나발이고 나는 좋다 이거야. 밭 가운데 소파, 얼마나 요긴해, 일하는 사람한테 잠시의 휴식처로서. 한번 앉아보슈. 여기 앉아서 하늘에 떠가는 구름도 보고, 좋다고 아주. 말할 수 없이 펴나안하지, 시벌.

간첩처럼 숨어서 귀신처럼 기도하는 할머니

여덟 살, 이른 봄이었다. 날씨는 꾸무룩했고 저녁 무렵이었
다. 이른 봄날 저녁 무렵은 바람이 설렁거리고 찬 기운이
옷섶을 파고든다. 한겨울보다 더 고약한 한기가 돈다. 그래
도 봄은 봄인지라 옷은 한겨울에 비해 얇다. 나는 그때 저
수지 둑에서 쑥을 캐고 있었다. 날은 춥고 어두워 오는데
아무도 없는 저수지 둑에서 쑥 캐는 계집아이 등 뒤로 누
군가 소리 없이 다가오고 있었던 모양이었다. 그는 누구였
을까. 어린아이를 잡아먹을 짐승? 아니면 사람 중에 어른,
그리고 남자, 그리고 숭악한? 하여간 뭔가가, 누군가가 아

이 등 뒤쪽으로 다가오고 있었다. 아이는 그렇다는 기미를 아직 알아채지 못했다. 아이는 쑥이 좋았다. 쑥 캐는 것이 좋았다. 지난 정월 보름에 불놀이로 시커멓게 탄 자리마다 뽀얗게 우북우북 돋아나온 그 쑥을 다 캐지 않고는 배길 수가 없었다. 집에 가도 그 쑥만 보일 거였다. 잠자면서도 그 쑥을 캐고 싶어 근질근질한 손을 어찌해야 좋을지 몰라 꼼지락거리다가 겨우겨우 잠이 들 것이다. 그럴까 봐 걱정되어서 나는 그 추위에도, 어둠이 밀려오는데도 아랑곳없이 쑥을 캐야만 했던 것이다. 바로 그때 내 등 뒤에서 가자아, 하는 소리가 들려왔다. 야, 가자도 아니고, 아이 가자도 아니고 독특한 음색의 가자아아 하는 소리. 그것은 내게 익숙한 목소리가 아니었다. 나는 목소리만 듣고도 그가 누구인지 다 알았다. 우리 동네 사람은 물론이고 이웃 동네, 면 소재지 사람, 읍내 사람들도 구별해낼 줄 알았다. 그 목소리는 우리 동네 사람도 면 소재지에 사는 사람도 읍내 사람도 아닌 사람의 목소리였다. 그 목소리는 우리 동네나 이웃 동네의 농사짓는 사람의 목소리가 아니었다. 면 소재지의 술도가집이나 구멍가게나 차부에서 표 파는 사람의 목소리도 아니었다. 읍내 장터의 국밥집이나 신발 가게나 철물점이나 포목점 사람의 목소리도 아니었다. 그것은 여자 목소리에 가까운 남자 목소리였고 남자 목소리에 가까운 여자 목소리였다. 웃는 것 같기도 하고 우는 것 같기도 한 목소리였다. 나이를 가늠할 수는 없었으나 내가 돌아보고서 확인한 모습은 분명 할머니였다. 검은 머리를 뒤로 쪽을 찐 것 같았고 흰 저고리에 검은 몸빼를 입었고 흰 고무신을 신은 것이 그랬다. 할머니 복장을 한 할머니인지 할머니가 아닌지 알 수 없는 사람이 나를 향해서 웃는 건지 쏘아보는지 알 수 없는 표정을 하고 가자아, 라고 했다. 그 뒤에 나는 내가 어떻게 집에 왔는지 기억이 없다. 다만 나는 그해 봄 열이 펄펄 끓어오르게 아팠다. 그러느라고 나는 그해 학교에 다니지 못하고 이듬해 아홉 살 때 학교를 갔다. 그런데 그 할머니는 할머니였을까, 간첩이었을까, 귀신이었을까. 월남 갔다 온 동네 삼촌은 그 할머니가 틀림없이 간첩일 것이라고 했다. 간첩이 할머니로 변장을 해서 나 같은 어린애를 유인하여 북으로 데려가려고 그랬다는 것이다. 낯설고 처음 보는 사람으로 치면 간첩일 테니 삼촌 의견도 일리가 있다고 아버지가 말했다. 시집갈 날을 앞둔 동네 언니가 그러잖아도 꿈에 자꾸 흰 저고리에 검은 몸빼 입은 할머니가 나타나 시집가지 마라, 시집가면 너는 죽는다고 하면서 자기한테 세모 눈깔을 치켜뜨더라 했다. 그러면 그 할머니는 틀림없이 귀신일 거라고 했다. 야가 그 할매를 보고 대번에 혼절을 한 거로는 귀신일 거라고 엄마가 말했다. 그러면 할머니는 때로 간첩도 되고 귀신도 되는가. 할머니가 간첩이라면 신고하여 일망타진해야 하고 귀신이라면 굿을 해서 쫓아버리거나 헛것이라 무시해야 할 것이다. 간첩이든 귀신이든 저수지 둑에 한 번만 더 나타나면 그 할마씨를 없애거나 쫓아버려야 한다고 온 동네 아저씨, 아줌마, 할아버지 그리고 할머니들이 입을 모았다.

몇 년 전에 나는 시골의 할머니들하고 함께 보낸 기간이 있었다. 할머니들하고 군청 공무원들하고 싸움이 났다. 원인은 할머니들이 사는 동네 가까운 곳에 채석장에서 깨온 돌을 파쇄하는 불법 돌 공장이 들어섰기 때문이다. 돌 공장에서 돌 깨는 소음, 돌 깰 때 일어나는 돌 먼지 때문에 인근의 주민들에게 피해가 막심했다. 인근 주민은 거개가 노인들이다. 그래서 노인들이 돌 공장의 횡포에 저항하는 데모를 했는데 데모의 주력부대는 할머니들이었다. 할아버지들은 할머니들 주변에서 얼쩡거리기만 하다가 식사 시간이 되면 자연스럽게 군청 앞 정자나무 아래로 모여들었다. 할머니들이 밥을 했기 때문이다. 할머니들은 데모를 하다가 밥도 했다. 밥을 해서 할아버지들 먼저 먹이고 나서 먹었다. 할아버지들은 밥을 먹고 나서 담배를 피우러 흩어졌다. 할머니들은 설거지까지 하고 나서 다시 똘똘 뭉쳐 돌 공장 물러가라고, 돌 공장 허가를 취소하라고 외쳤다. 집에 가면 할아버지들한테 할머니들은 또 밥을 해서 먹이고 짐승도 다 먹이고 나서 혼자 밥을 먹었다. 차라리 할아버지가 없는 할머니들은 '할아버지 먼저 먹이는' 수고는 하지 않아서 편해 보였다.

할머니들은 말했다.

"내가 평생에 안 해본 디모를 다 허게 될 줄 어찌 알았겠소."

"디모라는 것은 대학생들이나 허는 것인 줄 알았단게."

"내가 우리 자식들한테 디모허지 말라고 신신당부를 했소. 그런디 지금은 자식들이 나한테 디모허지 말라고 노래를 허요."

"나 같은 것이 군청 앞서 디모를 다해 보고. 내가 시방 오진 꽃 시절을 다 사요."

데모를 디모라고 말하는 할머니들 앞에서 나이로 따지면 자식뻘인 경찰이 실실 웃었다.

"할매들은 지금 불법 시위를 하는 거여."

한 바퀴 빙 돌고서는,

"할매들은 지금 법질서를 위반한 범법 행위를 하는 거랑게."

또다시 빙글,

"할매들은 지금 종북좌파들이나 하는 행위를 한 줄이나 아는가?"

이번에는 돌지도 않고 바짝 다가서서,

"할매들은 지금 빨갱이보다 더 나쁜 사람들이라니깐."

그는 지나갈 때마다, 아니 일부러 지나가면서 할매들은 지금 어쩌고, 하는 장난을 쳤다. 불법 시위를 하고 법질

3부 · 밥이나 집이나 한가지로

서를 위반하고 종북좌파들이나 하는 행위를 하고 빨갱이 보다 더 나쁜 할머니들은 전라도에만 있는 게 아니고 경상 도 밀양에도 있었다. 밀양에만 있는 게 아니고 전국 어디에 나 있었다. 법을 위반하고 종북좌파들의 행동을 하고 빨갱 이보다 더 나쁜 할머니들은 어떻게 살고 있는가를 보려고 나는 할머니들 집으로 갔다.

김 할머니는 아침에 방 청소를 하다가 실수로 거미를 발로 밟았다. 거미는 할머니 발밑에서 터져 죽었다. 할머 니 발밑에서 죽은 거미는 어미였던 모양이다. 어디선가 나 타난 새끼 거미가 쪼르르 달려와 죽은 엄마 옆에서 바르르 떨었다. 급기야 할머니 눈에도 눈물이 맺혔다.

불법 시위를 일삼는 범법자, 종북좌파, 빨갱이보다 더 나쁜 여든셋 김 할머니의 어느 아침 풍경이다.

홍 할머니는 새벽 일찍 데모하느라 통 못 가본 고추밭 에 나갔다. 새벽 어스름 속에서 할머니는 누군가와 대화를 나누었다. 대화가 아주 재미진지 호호 웃기도 했다. 손으로 는 부지런히 고추를 땄다. 뭣이 그렇게 재미가 지냐고 물었더니 할머니가 간질간질하다고 했다.

"아조 그냥 간질간질허요."

"어디가요?"

"천지 사방이 간질간질허요."

"왜 간질간질해요?"

"저기 저 나리꽃이 인자 막 잠에서 깨어나서 간질간질
허제."

산등성이를 바라보니 아침이슬을 털고 이제 막 화들
짝 피어나는 나리꽃이 선연했다.

빨갱이보다 더 나쁜 종북좌파, 여든 살 홍 할머니의 어
느 여름 아침 풍경이다.

오 할머니는 혼자 방 안에 있었다. 불러도 대답이 없어
서 없는 줄 알았다.

"할머니 왜 불러도 대답이 없어요?" 물으며 문을 여니,
할머니는 울고 있었다. 낮에도 캄캄한 방 벽에 등을 기대고
홀로 앉아 할머니는 우느라 대답을 못 했다. 우는 것이 부
끄러워 없는 척하고 싶었을 것이다. 나는 할머니가, 아흔 살
할머니가 우는 것도 신기하고 부끄러워하는 것도 신기했

다. 나는 할머니들은 울지도 부끄러워할 줄도 모른다고 생각했다. 할머니들은 이 세상 어떤 끔찍한 일을 보아도 이젠 울지 못하는 사람들인 줄 알았고 이 세상에서 이제 더는 창피한 일을 겪지 않아도 되는 사람들인 줄 알았다. 어쨌든 할머니는 울고 있었다. 나는 할머니가 할머니들에게 고통을 주는 세상이 야속해서 우는 것이라고 생각했다.

"할머니를 울게 하는 그놈들이 나쁜 놈들이에요."

나 딴에는 할머니를 위로한답시고 한 말이었다. 그러나,

"쟈들이 새끼를 쳤어. 즈그들도 한 세상 살아볼라고 저 오물거리는 것 좀 봐바."

할머니는 처마 밑에 새로 태어난 제비 새끼를 보고 울고 있었던 것이다.

"저것들도 살아보겠다고……."

살아보겠다고 애쓰는 것들을 향한 아흔 살 먹은 종북 좌파 할머니의 눈물을 무엇이라고 해야 할지 나는 더 이상 글로 적을 수 없다.

할머니와 세상은 언제나 둥 떠 있었다. 각각 따로 놀았다. 할머니는 저쪽으로 가고 세상은 이쪽으로 돌았다. 할머니들의 세상은 이제 우리가 닿을 수 없는 먼 곳으로 사라졌다. 사라진 줄 알았던 할머니들은 그러나 살아 있었다. 광주 금남로 5가 지하철역으로 들어가는 지하상가 계단에는 할머니들이 진을 치고 앉아 있었다. 환하고 화려하고 시끄럽고 넓은 대로에서 보면 뭔가 부조화스럽고 불편해 보이고 이질적이며 심지어 거추장스럽게도 보이던 할머니들이 지하 계단에 옹기종기 쭈그려 앉아 있는 것을 보니 일견 귀엽기도 했다. 귀여워서라기보다 할머니들이 무슨 말을 나누나 엿들을 마음에 나도 그 옆에 슬쩍 앉았다.

"이대로는 절대 안 돼야."

"어퍼부러야 써."

"숭악해도 이리 숭악헐 수가 없어."

"돈이먼 다 되는 중 알어."

"뭔 난리가 나도 나게 생겼어, 시방."

이 할머니들은 누구인가. 그렇다, 이대로는 절대 안 된다. 돈이면 다 된다고 생각하는 이 숭악한 세상은 엎어버려

3부 • 밥이나 집이나 한가지로

야 한다. 이 할머니들도 종북좌파인가? 돈 세상인 자본주의 체제를 전복시켜야 한다고 주장하는 할머니들은 혹시 체제 전복 기도자들인가? 뭔 난리가 나도 나게 생겼다고 은근히 바람을 넣는 것이 혹시 내란 음모자들인가.

시바타 도요라는 일본 할머니가 백 살 가까운 나이에 쓴 시 중에는 치매 검사를 할 때 다 알고 있는 숫자를 들이 밀며 이게 무슨 자냐고 묻지 말고 총리의 정책에 대해 어떻게 생각하느냐고 묻기를 바란다, 라는 시가 있었다.

"할머니 이름 말해봐요."

"아들 나이 알아요?"

"집 주소 불러봐요."

"이게 동그라미예요, 네모예요?"

그딴 거가 아니라,

"지구온난화를 어떻게 해야 막을 수 있을까요?"

"농민 기본소득에 대해서는 어떻게 생각하세요?"

라는 질문을 할머니들한테 하면 안 되는 질문인가? 할머니들은 정말 세상사로부터 비켜나 있나? 혹시 누군가가 할머니들을 세상사로부터 재껴버린 것이 아닐까. 그렇다면 이대로는 안 된다며 엎어버려야 한다는 광주 금남로5가 지하 계단의 할머니들은 혹시 간첩들인가?

"앗따, 어젯밤 꿈에 죽은 시아부지가 나와서는 장가갈랑게 돈을 내노라고 어뜨케나 징징거려쌓는지 내가 시아부지 뺨을 쳐부렀네. 호호호."

"우리 시어무니허고 그 아들허고 쌍으로 바람이 나각고 내 주머니를 뒤지고 있는 것을 나한테 들켜각고는 둘이 줄행랑을 치다가 서쪽에서 바람이 불어온 게 그 바람을 타고 서역으로 감서 나를 보고 주먹감자를 맥이더란 말이요. 조상 따라가니라고 즈그 할마씨 손지가 바람이 나논 게 메느리가 죽을라고 허네."

"미친년이 뻘건 치매에 초록 저구리를 입고는 새딱새딱 웃음서 신작로 한가운데를 달음질치는 날은 꼭 비가 오드라고. 비 올라는 개비여."

나는 알아들을 수 없는 말을 주고받는 것은 혹시 귀신이라서인가.

도심 한가운데서 혹시 할머니들을 보거든 저기 있는 저 할머니 귀신인가 의심하고 간첩인가 다시 봐야 할지도 모른다.

큰어머니는 여든다섯이다. 큰어머니는 잠밥을 잘 멕였다. 큰어머니는 내 기억 속에서 언제나 할머니다. 젊어도 할머니였던 우리 큰어머니는 내 아이들한테도 잠밥을 멕였다.

쌀 그릇을 동그랗게 보자기로 감싸 쥐고 열이 오르는 아이 이마에 대고 주문을 외우는 젊은 할머니의 눈은 자애롭고도 사납다.

"잠밥각시님네 다름이 아니오라 암시랑토 안 허든 울 애기가 무 담시 아파 발광을 허니 그저 수가 사나와서 그러는지 잠밥각시님네 오다가다 총 맞아 죽은 구신이나 칼 맞아 죽은 구신이나 배고파 죽은 구신이나 혹시 만쳐봤는가는 몰라도 잠밥각시님네 요 밥을 묵고 썩 물러 나렸따아 쉐에쉐에쉐에 요 밥을 묵고도 안 물러난다 치면 대칼로 모가지를 푹 찔러서는 대천 앞바다에 풍덩 던져불 터이니 냉큼 썩 물러나렸따아."

젊은 할머니가 무쇠 칼로 박 바가지 내려치는 소리에

놀라 오다가다 총 맞아 죽은 구신이나 칼 맞아 죽은 구신이나 배고파 죽은 구신들한테 애를 데려가려던 잠밥각시님이 허연 쌀밥을 묵고 아픈 것을 가지고 달아났다는 것을 아픈 애기들은 알았다.

젊은 할머니였던 큰어머니는 이제 늙은 새댁이 되었다. 주일날 이른 아침에 교회 봉고차가 와서 울긋불긋 새댁처럼 차려입은 동네 할머니들을 싸그리 싣고 간다. 자식들은 다들 짠 듯이 도시로 나가서는 어느 한 놈도 돌아오는 놈이 없고 바깥양반들은 다들 '콩 팔러' 저쪽 세상으로 일찌감치들 가버리고 동네를 돌아다니는 것은 개와 고양이와 할머니들뿐이다.

할머니들만 사는 동네에 개하고 고양이하고 쌈이 나도 누가 말릴 사람이 없다 하였다. 사람 새끼들이 싸우면 대막가지라도 들어서 후드러 패면 되었지만 이 짐승 새끼들은 도통 할머니들을 무시한다 하였다. 개가 워낙에 그런 종자라 해도 사람이 지나가면 실실 피하는 시늉이라도 하던 개새끼들이 이젠 아무 데서나 흘레붙는 것은 예사고 발로 차도 떨어지질 않는 것이 아무래도 할머니들을 무시하는 짓

175   3부 • 밥이나 집이나 한가지로

거리로밖에 보이지 않는다 하였다. 고양이들은 또 낮에는 토벌대처럼 이곳저곳을 쑤시고 다니다가 밤이면 산 사람처럼 부엌이고 어디고 들어와서 양식을 축낸다 하였다. 그런 개새끼와 괭이 새끼들 등쌀에 시달리고 살다가 주일에 봉고차에 몸을 싣는 할머니들은 오직 '우리 교회' 목사님만을 의지 삼고 우리 교회 목사님의 말씀으로 위안을 삼는다 하였다.

"사람은 항시 의지헐 데가 있어야 산다."

"믿음이 있어야 살고."

우리 큰어머니의 믿고 의지할 주님은 매일 아침마다 맑은 정화수 한 사발을 마실 수가 있고 시시때때로 하얀 쌀밥에 미역국도 맛볼 수 있다.

"비나이다 비나이다. 고난의 십자가 진 예수님 전 비나이다."

이 불쌍한 중생을 굽어살피소사 집안 간에 화목하고 동기간에 우애 있고 아무튼지 간에 국태민안허고 천지광명하옵시며 안분지족에 무탈허기만을 바라옵나이다 아멘.

손 비빔이 지극할수록 고난의 예수님 용안도 환해지신

176

다. 잠밥각시님도 예수님도 역시 쌀밥에 미역국을 먹어야 한다. 그래야 만사가 무탈해진다. 우리 큰어머니는 그렇게 믿고 있다. 십자가 전 정화수 떠놓고 기도하는 우리 큰어머니는 잘하고 있는 것일까, 헛수고하는 것일까.

"자아, 할머니들 기도는 이렇게 하시는 겁니다. 먼저 두 손을 가슴께에 얌전히 모두고, 절대 비비지 마세요, 자 이렇게 손목을 되도록이면 90도 각도로 반듯하게 모으세요, 비비지 말라니깐요. 비비면 기도발이 안 좋다니깐 그러네에.

'우리 교회' 젊은 목사님이 그러더란다. 그래도 우리 큰어머니는 비비지 않으면 기도 맛이 안 난다고 오늘도 열심히 예수님 전에 빌고 계신다. 여든다섯 살 큰어머니의 기도발은 과연 우리 예수님한테도 통할까 아닐까. 그것을 누가 알까.

너희들이 무탈한 것을 보면 안다.

우리 큰어머니는 간첩처럼 숨어서 귀신처럼 기도한다. 그래서 내가 산다. 오늘도 내가 무탈한 것을 보면 우리 큰어머니 기도발이 아주 원활하게 통한 것이 틀림없다.

그런 데

광주 시내의 문학 행사에 가기 위해 버스를 탔다. 우리 동네가 종점인 광주 184번 시내버스는 시골 동네를 돌고 돌아 금남로까지 승용차로 가면 30분 거리를 한 시간이 걸려 간다. 버스 기사가 어디 가냐고 묻는다. 차가 없어서 버스가 내 자가용이니 기사는 나를 알고 있다. 문학 행사에 간다고 하니, 좋겠습니다, 우리 같은 사람은 평생을 살아도 '그런 데' 한 번을 못 가보고 사요. 행사는 일요일까지니 혹시 쉬는 날 한번 가보시라고 하니, 쉬는 날은 잠 자야지라우. 밀린 잠 자고 밀린 술 먹고이? 하면서 웃는다. 몇 년 전

비엔날레로 가는 택시를 탔는데, 기사가 비엔날레는 뭐 하는 곳이냐고 물어서 미술 행사라고 했더니, '그런 데'는 자기 같은 사람과는 아무 상관 없는 곳이라고 한 적이 있었다. 그래도 시간 나면 한 번쯤 가서 구경하시라고 했더니, 시간 나면 차라리 잠을 자는 것이 이득이지라우. 마침 걸려 온 전화에 어이, 낼 비번인가? 오랜만에 어디서 회 한 사라 놓고 소주나 한잔하세.

농사지은 것을 시내 대인시장으로 팔러 가는 아줌마가 묻는다. '그런 데' 뛰면 얼마나 버냐고. 행사를 뛰러 가는 게 아니고 보러 간다고 하니, 내가 '그런 데'로 놀러 간다고 여겼는지, 젊어서 한 닢이라도 벌어야제 안 그러면 늙어 고생이여. 가을 해는 짧은 게이. 짧은 것이 가을 해뿐이가디, 인생이 짧제. 짧은 인생에 놀 새가 없어 우리 같은 사람은. 버는 것이 남는 것이제. 그래야 자식들이 고생을 안 해. 버스 기사, 호박 팔러 가는 아줌마, 토란 팔러 가는 할머니가 한마디씩 보태는 말들은 그러니까 '이녁 몸뚱아리 안 애끼고 손이 갈퀴가 되도록' 살아온 대한민국 보통의 '없이 산' 어른들의 공통된 레퍼토리겠다. 대한민국의 '없이 산' 집 아

이들은 다아 저 소리들을 듣고 자랐을 것이다. 돈 벌어야
써. 돈 애껴라. 돈돈돈돈. 돈에 허천이 나서 또 돈돈돈돈.

　엄마도 그러고 할머니도 그러면 짜증을 냈다. 어른들
은 돈밖에 몰라. 돈이 최고여? 아녀어! 악에 받쳐 대들기도
했던 어린 시절이 내게도 있었다. 저도 이제 돈 무서운 줄
아는 어른이 되었어도, 다른 이들의 유구한 레퍼토리가 여
직도 지겨운 바 있어 입을 다물고 창밖만 응시. 국도의 후
미진 곳마다 '폐기물 임시 야적장'들이 부쩍 많아졌다. 창
고를 임대하고는 건설 폐기물을 쌓아놓고 도주하는 인간
들이 있다는 뉴스도 생각나고 양철로 사방을 둘러놔서 안
에 무엇들이 폐기, 야적되고 있는지 심히 불안하고 시선은
어지러운데,

　할머니 틀니 어디서 하셨소? 말바우시장 허센한테서
했제. 병원 가면 쓸데없이 비싸기만 해. 치과 가면 비싸다고
'야매 집'서 한 틀니가 새하얀 토란 할머니는 버스에서 내
릴 때 마누라한테 갖다줘, 가을 토란이 영 맛나. 처음부터
따로 챙긴 것이 틀림없는 검은 봉지를 기사에게 건넨다. 돈
없는 사람들이 정만 많구나, 정만 많아.

코로나의 시대, 비대면의 시대라 그런가 행사장엔 행사 관계자와 초대된 작가들과 통역하는 사람들 외 관객은 몇 명 되지 않는다. 빈약한 관객을 앞에 두고 외국 작가들을 화면으로 보며 이야기하는 문학 행사가 내용은 없이 형식만 갖춘 것 같아 영 허전하다. 그래도 또 한편으로 이렇게라도 문학 행사가 열리는 것이 참으로 눈물겹기도 하다. 50명 정원의 관객이라는데 순수 관객은 어림잡아 열댓 명 정도 되었다. 그런데, 가만 생각해보면 코로나 시대가 아니라 하더라도 이런 행사장에 사람이 많이 모인 적이 있었나 싶다. 서울 아닌 광주 같은 지방의 '없이 사는 사람들'은 이런 데를 '그런 데'라고 한다. 택시 기사도, 버스 기사도, 호박 팔러 가는 아줌마도, 토란 팔러 가는 할머니도, 돌아가신 우리 엄마도 틀림없이 그렇게 말했을 것이다. '그런 데'는 양복쟁이들 가는데 아녀어? 우리 같은 사람은 누가 오라고 해도 손이 부끄라서 당최 이……?

없는 사람들은 가을 해 남아 있을 때 한 톨이라도 거둬야 해서도 '그런 데'는 못 가고 거친 손이 부끄러워서도 '그

런 데'는 못 간다. '그런 데'서 돌아오는 길. 버스 안에 호박
아줌마가 풀이 죽어 앉아 있다. 오늘 많이 파셨어요? 코로
나 손님 땜에 장에 사람 손님이 없어 못 팔고 온다고, 안 팔
린 호박을 내게 안긴다.

아무 일 없이 기차역으로 가자

내가 초등학교 5학년 때의 일이다. 아버지는 그때 여수에
서 공장 짓는 일을 했다. 아버지는 일을 쉬는 날은 집에 와
서 농사일을 했는데, 그럴 수 있었던 것은 여수에서 집에
오는 교통편이 다른 데 있을 때보다 좋았기 때문이다. 아버
지는 도시에 나가 노동일을 하거나 장사를 할 때도 언제나
농사짓는 꿈을 포기하지 않았다. 서울에서 리어카로 채소
장사를 할 때도 아버지는 봄이면 볍씨 소독해라, 여름이면
논매기 당부, 가을이면 고구마 저장해라, 겨울이면 콩 씨
고르라는 지시 등, 원격 편지 농사를 지었다. 그렇게 농사

3부 • 밥이나 집이나 한가지로

짓고 사는 꿈을 버리지 못해 아버지는 처자식을 고향 집에 두고 혼자 도시로 돈벌이를 나갔던 것이리라. 뼛속까지 농사꾼이고 싶어 했던 아버지는 그러나 농사지을 땅이 없었다. 아버지는 농토를 구입할 수 있는 돈을 벌려고 도시로, 도시 변두리로 한평생이다시피 한 세월을 떠돌아야 했다. 결론을 말하자면 아버지는 끝내 농사꾼으로 살고자 했던 아버지의 꿈을 이루지 못한 채 저세상으로 갔다. 때는 그러니까 아직 아버지가 아버지의 꿈을 포기하지 못해, 세상을 떠돌던 세월 중의 한 날이었다. 나는 봄방학 중이었다. 아버지는 그날 집에 와서 새해 농사에 쓸 거름을 산더미처럼 해놓고 마을 앞을 가로지른 신작로로 달려갔다. 거기서 순천으로 가는 버스를 타고 순천에서 여수로 가는 차로 갈아탈 요량이었다. 그러나, 집안일 욕심에 아버지는 버스 시간을 놓쳐버렸다. 다시 집에 온 아버지는 밤차를 타야 한다고, 이왕 밤차를 타야 하니, 선옥이도 같이 가자고 했다. 아버지와 나는 일단 읍내로 가서 읍내에서 상당히 떨어진 기차역으로 갔다. 나는 그때 생애 처음으로 기차를 탔다. 아직도 땀내를 풍기고 고단하게 코를 고는 아버지 옆에 앉아 여수로 가는 막차를 타고 가던 그 저녁. 곡성, 구례, 괴목, 순천을 거쳐 여수역에 닿았을 때의 비릿한 바다 내음을 나는 지금도 잊을 수 없다. 이후, 늘 그 저녁의 여정이 그리워 고적한 날이면, 나도 모르게 여수 가는 전라선 기차를 타야지, 중얼거리곤 했던 것이다. 여러 곡절을 거쳐 내가 고향 근처에 살 때도 나는 일 없이 곡성역으로 나가 기차를 타곤 했다. 혹은 기차를 타려고 나갔다가 기차역에서 해찰을 하다 돌아온 적도 있다. 옛 곡성역 근처로는 섬진강이 흘렀다. 기차를 타지 않으면 섬진강 가로 나가 물소리를 들었다. 헤적이는 물소리를 듣고 있노라면 물 위에 불빛이 어리고 그러면 어김없이 여수로 가는 기차가 지나갔다. 내 고향 곡성은 지명 그대로 산이 많고 골짜기가 많다. 사람들은 골짜기 골짜기에 깃들어 산다. 그 골짜기에 깃들어 사는 사람들의 성정은 대체로 순하고 느리다. 어느 해인가, 서울에서 오는 사람을 마중하러 곡성역에 나갔다. 저녁 무렵이었는데 노인 부부가 나무 의자에 앉아 자울자울 졸고 있었다. 노인들은 서울 아들네를 가는데 점심밥을 해 먹고 짐을 바리바리 이고 지고 일단 그들이 사는 동네 밖 신작로에서 읍내 가는 버스를 기다렸다. 읍내에 내려서 택시를 탈 만도 하건만 그들은 오랜 생활 습성으로 그 무거운 짐을 또다시 이고 지고 읍내에서 상당히 떨어진 기차역까지 왔다. 몇 시 기차를 타겠다고 계획하고 나온 것이 아니라, 그냥 오는 차를 타려고 온 것이다. 그 옛날 곡성역은 그런 곳이었다. 그렇게 기차를 타야 어울리는 역이었다. 기차가 언제 도착하는지 언제 출발하는지 알려주는 전광판 같은 것은 필요 없는 역이었다. 아무 볼일도 없이 내리고 아무 볼일도 없이 기차를 타기 좋은 역이었다. 그만큼 작고 고즈넉하고 정겹고 쓸쓸한 곳이었다. 기차를 타러 갔다가 마음이 바뀌어 기차를 타지 않아도 누가 뭐라 할 일 없는 역이었다. 내가 그랬듯이 역 바로 옆을 흐르는 섬진강 가에 내려 헤적이는 물소리를 듣다가 꼴딱 밤을 지새워보는 것은 또 어떤가. 서울에서 실연을 한 순천이나 여수 사는 청춘이 차마 제 사는 집에 들어가 울 수는 없어 곡성역이나 구례구역쯤에 내리면 언제라도 다정한 섬진강이, 너른 품 지리산이 그를 다독여주기 위해 기다리고 있다. 섬진강이나 지리산은 그런 청춘들이 깃들기 딱 좋은 곳이다. 강가에 하염없이 주질러앉아 밤이슬을 맞아도 누가 뭐라 할 사람이 없다. 그런 밤, 하늘의 별은 유달리 반짝이고 그날도 어김없이 용산으로 혹은 여수로 가는 기차들은 그 강가에 불빛을 던져놓고 멀어져 간다.

새 역이 생기면서 예전에 우리 아버지가 그리고 내가 그리고 곡성의 골짜기 골짜기에 사는 사람들이 기차를 기다리느라 자울자울 졸던 나무 의자와 나무 격자 창문과 나무 벽과 나무 난로와 나무 매표소의 곡성역은 이제 '추억의 곡성역'이 되었다 한다. 휴일이면 타지 사람들이 놀러 오는 기차역이 되었다 한다. 노동일을 쉬는 날, 인부 공 씨가, 농사꾼의 꿈을 버리지 못해 촌각을 다투며 거름지게를 지다가 달이 둥실 떠오를 무렵 다시 노동일을 하러 떠나야 했던 역. 그 역에서 아버지는 한때는 상행선을 또 한때는 하행선을 타다 일생을 마쳤다. 나는 지금도 옛 곡성역에 가면 늘 객지로 떠나기 위해 기차를 기다리면서 딱딱한 나무 의자에 불안하고 애절하게 앉아 있던 아버지가 생각난다. 혹은 느닷없이 곡성역에 내려, 여기가 지리산 들어가는 구례 구역 아니냐고 묻던, 그러나 필시 지리산으로 들어갈 생각은 없어 보이던 외로운 한 청춘도 생각난다. 그는 그때 곡성역에 내려서 바로 강을 건너 강마을로 들어간 후 그곳에서 제 인연을 만났다. 그쯤 되면 곡성역은 그에게 운명이라 할 만하다.

섬진강 옆 곡성역에 가면 지금도 우리 아버지 같은 곡성 골짜기 골짜기 사는 사람들이 그 옛날 우리 아버지처럼 기차를 기다리며 자울자울 졸고 있을까. 오면 타고 안 오면 말아도 될 기차를. 새로운 인연에의 예감에 미세하게 몸을 떨며 곡성역이나 구례구역에 내려 강물에 어리는 기차 불빛에 작별의 눈물 한 줌 뿌려주는 청춘은 또 없을까.

왠지 마음이 고적한 날이면, 어떤 그리움에 목이 메는 날이면 전라선을 탈 일이다. 그래서 하나도 특별할 것도 없고 하나도 별날 것 없는 곡성역이나 구례구역이나 괴목역에 내릴 일이다. 아무 목적도 없이 누구를 만날 일도 없이. 아무 일 없이 기차역으로 가서, 아무 일 없이 강물이 가까이 흐르는 기차역에 내리자. 그래서 강물이 헤적이는 소리를 들을 수 있다면, 그것은 아무 일 없는 사람만이 받을 수 있는 선물이리라. 그가 그 기차역, 그 강물 언저리쯤에서

사랑을 만나 새로운 둥지를 틀 수 있다면 더 말할 나위 있

을쏘냐.

3부 • 밥이나 집이나 한가지로

꼭 저 같은 애 낳아봐야

우리 엄마는 좀 엉뚱했다. 쑥꾹새가 쑥꾹쑥꾹 우는 고요한 산 밭에서 일을 하다가 아무 맥락 없이 툭 그랬다.

"너는 뭣을 묵고 사냐잉?"

나는 엄마가 나한테 그러는 줄 알고, 나한테 그랬대? 한다. 우리 고향에서는 엄마한테는 꼭 동기간에 그러는 것처럼, 뭐뭐 한대? 뭐뭐 한가? 뭐뭐 하소, 한다. 엄마한테만 그러는 게 아니고 할머니한테 그러기도 한다. 그만큼, 전라도 애기들하고 엄마, 할머니들은 '늘 뺨을 문대듯이' 친밀하다. 막상 내가 물으면 엄마는 아무 대답이 없다. 그러면 나도 그냥 하던 일을 계속한다. 고요 속에서 한참을 그러고 있으면 그때사 엄마가 그런다.

"저 쑥꾹새 말이여."

내가 다 잊어버리고 있을 즈음에 나오는 엄마의 대답 소리에 나는 매번 짜증을 냈다.

"엄머이……."

그러면 엄마는,

"느그 어매 안 죽었다아."

나는 엄마의 그 소리도 싫었다. 엄마가 죽었느니, 안 죽었느니.

우리 엄마는 늘 밭에서 살았다. 엄마를 생각하면 언제나 떠오르는 모습은 하얀 수건 쓰고 산비탈 밭에 납작 엎드려 보리밭 매고 콩밭 매고 깨밭 매고 고구마밭 북 주고 감자밭 북 주고 보리 베고 콩 베고 깨 베고 고구마 캐고 감자 캐는 모습이다. 겨울만 빼고 엄마는 그렇게 늘 밭에서 살았다. 그래서 나는 학교 갔다 오면 누가 시키지 않아도 주전자에 물 담아 들고 엄마한테 갔다. 산마루를 넘어서기도 전에 우리 밭 쪽에서 휘파람새 소리인 듯 엄마 노랫소리가 들려온다. 즐거울 때나 슬플 때나 누가 있거나 없거나 전라도 엄마들 입에 절로 열린 육자배기 가락. 엄마는 정제에서 밥을 할 때도 희미한 호롱불 밑에서 우리들 옷을 기울 때도 육자배기를 불렀다. 엄마의 청승스러운 육자배기소리가 나는 또 그렇게 듣기 싫었다. 그것은 언제나 신세한탄조였기 때문이다. 엄마가 듣고 있으면 공연히 짜증이 나는 그런 노래 말고 좀 좋은 노래, 다시 말해서 편안한 노래를 불렀으면 싶었다. 나는 또 악을 썼다.

"엄머이, 이상한 노래 좀 부르지 마소."

엄마는 내가 뭐라고 하거나 말거나, 심지어는 나를 빤히 바라보면서 노래한다.

"우리 집 두채 딸년은 지 에미 노랫소리가 싫타고 염병을 허네애⋯⋯."

엄마가 그러면 나는 딱 죽고만 싶었다. 하여간 나는 엄마가 엉뚱한 것도 싫고 청승맞은 것도 싫었다. 그때는 왜 그랬는지, 엄마가 좋은 게 하나도 없었다. 한번은 엄마가 밭에 가다가 연을 날리는 아이들의 연줄을 시치미 딱 떼고 밟고 서는 것이었다. 연을 날리는 아이는 윗마을에 사는 내

짝꿍 이문규였다. 나는 연줄을 밟고 선 엄마가 나는 모르는 아줌마라도 되는 것처럼 얼른 나무 뒤로 숨어버렸다. 이문규가 연줄을 잡아당기며, 아지임, 하고 울음 섞인 소리를 냈다. 엄마는 슬그머니 연줄을 놓아주며, 악아, 왜 그냐? 하는 것이었다. 이문규가 아짐이 내 연줄 밟았잖애요오, 하면서 씩씩댔다. 엄마는 앗따아, 그랬냐잉? 나는 몰랐다아, 아나, 요것이나 묵어라, 하고 호주머니 속에서 알사탕 하나를 꺼내 주었다. 이문규는 사탕도 받지 않고 가버렸다. 엄마는 사탕을 냉큼 엄마 입에다 넣고는 요것이 을매나 맛난 것인디, 안 묵냐. 나는 그때 정말 울고만 싶었다. 내일 학교에 어떻게 가야 하나, 이문규가 나한테 뭐라고 하면 어떡하나, 엄마만 싫은 게 아니라 세상이 딱 싫어져버렸다. 다행히 이문규가 아무 말도 안 해서 나는 학교엘 계속 다녔지, 만약에 뭐라고 반 애들한테 소문이라도 냈으면 나는 아마 그 길로 학교를 작파해버리고 말았을지도 모른다. 나 초등학교 다닐 때만 해도 학교를 다니다가 마는 아이들이 더러 있었다. 여자아이들은 애보개로, 남의 집 식모로 가느라고, 남자아이들 중에는 산에 나무하러 갔다가 나무하기 싫어서 무조건 집을 나가 서울로 내빼가지고 그것으로 학교하고는 영 이별을 하곤 했던 것이다. 그러니 내가 학교를 안 간다고 해서 하등 이상할 것도 없을 것이었다. 애보개 하느라고 학교를 그만둔 옛 동무하고 동무네 집 뒤안에서 봉숭아물 들이며 우리가 얼마나 우리들의 '맘에 안 드는' 엄마들 흉을 보았는지 모른다.

울 엄마는 길 가는 애들만 있으면 말을 시킨당게, 뭐라 그냐면, 아이고 요것이 어느 시상에서 온 애기간디 요렇게 이쁘다냐.

울 엄마는 내가 노래 부르지 마라고 허면, 아이고 동네 사람들아, 우리 집 딸년이 지 에미 노래도 못 허게 헌다네, 험시로 노래를 더 크게 불러분당게.

나도 울 엄마가 남들 앞에서 내 말을 허길래 허지 말라고 엄마 옆구리를 찔끔 꼬집었더니, 요년이 나를 찝네, 찝은 것까지 말해불드라고.

울 엄마는 맨날, 나보고 꼭 너 같은 새끼를 낳아봐야 니가 내 속을 알 것이다, 헌당게.

엄마 돌아가신 지 30년이 다 되어간다. 그리고 나는 엄마 없이 살다가 나도 엄마가 되었다. 옛동무를 만나면 이제 우리는 먼 옛날 뒤안에서 봉숭아물 들이며 엄마들 흉을 보듯이, 카페에서 커피를 마시며 자식들 흉을 본다.

우리 애는 내가 사람들 앞에서 지 말 하면 삐치더라.

우리 애보고 나도 맨날 꼭 저 같은 애 낳아봐야 내 속을 알 것이라고 한단다.

우리는 그러고 보니 영락없이 우리가 그렇게 흉봤던 우리들의 엄마를 닮아 있었던 것이다.

내 인생의 밥 한 끼

날마다 밥을 먹고 산다. 아침, 점심, 저녁. 그리고 또 간식,
야식, 새참, 군것질, 주전부리…….

어떤 때는 배가 고프지 않은데도 밥때가 됐으니 밥을
먹기도 한다. 딱히 뭘 먹고 싶어서라기보다 심심해서도 먹
는다. 나의 위장은 내가 잠잘 때만 빼고 쉬지 않고 일한다.
내가 언제부터 이러고 사는 것일까. 먹어도 먹어도 뭔가 허
기진 것만 같은 그 허기짐의 정체는 무엇일까. 어려서는 안
그랬다. 밥이란 것은 배가 확실히 고파야 먹었다. 물론 어
느 땐 배가 고파도 못 먹을 때도 있긴 했지만. 배가 확실히

고플 때 먹는 밥은 부뚜막에 걸터앉아서 먹는 밥이든, 정식으로 차려 먹는 밥이든 한 끼 먹고 나면 몸도 마음도 다 훈훈해졌다. 내 인생에는 밥이 두 종류가 있다. 먹어도 먹어도 뭔가 허전한 밥과 조금만 먹어도 배부른 밥. 그러니까 밥은 물질적, 육체적이기도 하면서 동시에 정신적이기도 한 것이 분명하다.

나의 어머니는 마흔여섯에 돌아가셨다. 어머니가 돌아가시자 집도 고향도 없어져버렸다. 내게 어머니 없는 집, 어머니 없는 고향, 어머니 없는 세상은 집도 고향도 세상도 아니었다. 이 세상 전부가 텅 빈 것 같았다. 어머니 없이 먹는 밥은 아무리 먹어도 배부르지 않았고 어머니 없는 세상에서 자는 잠은 아무리 자도 편한 잠이 아니었다. 그러니까 나의 이 허기짐은 어머니 돌아가시고 난 뒤부터 생긴 것일까. 딴은 그렇기도 한 것 같다. 왜냐하면 어머니 살아생전에 내가 먹는 밥은 언제나 그 출처가 명확한 것이었다. 쌀은 어머니가 직접 농사지은 쌀이고 김치는 어머니가 직접 씨 뿌리고 가꾼 배추와 무로 만든 것이고 콩자반도 그렇고 고사리나물도 어머니가 우리 산 밭 등성이에서 따 와서 데쳐서 우리 집 마당 귀퉁이에서 말린 것이다. 지금 내 밥상을 한번 살펴보자. 그 어떤 반찬도 내가 아는 사람한테서 구해 온 것이 없다. 모두 모르는 사람들한테서 산 것이다. 반찬 은 반찬이되 사랑과 온기가 없다. 한마디로 내가 차린 밥상 은 감정이 없이 길러져서 감정이 없이 판매되어진 것이다. 그러니까 내 음식의 재료들은 무표정들이다. 그것들이 어 디서 어떤 상황 속에서 어떤 사람이 어떤 마음으로 길렀는 가를 나는 알 수 없고 그러니까 나는 나의 음식 재료들에 게 아는 척을 한다거나 인사를 건넬 수도 없다. 그냥 무표 정하게 감정 하나 보탤 필요 없이 건조한 지폐를 주고 교환 해 온 것들이다. 나는 내가 사 온 음식 재료들을 다듬으며 그것들에 조금이라도 내 인사를 건네고자 애를 쓴다. 그러 나 그것들 또한 나를 낯설어한다. 우리는 그렇게 음식 재료 들과 친하지 않은 상태로 서둘러 조리를 해서 서둘러 먹어 치운다. 지금 내가 그리고 우리 아이들이 먹고사는 형편이 그렇다.

어머니가 돌아가시고 통 가보지 못했던 고향 큰댁에 갔다. 아직 우리 큰아버지가 살아 계셨을 때다. 큰아버지는 당신의 동생인 우리 아버지가 먼저 세상을 떠나서인지 나를 바라보는 눈길에 뭔가 애잔한 기운이 있었다. 내가 그때 왜 큰댁을 갔던 것일까. 우리 큰아버지가 나를 당신의 동생이 온 듯이 대했다면 나는 큰아버지 모습에서 우리 아버지 모습을 보고 싶어 했을 것이다. 행여 내가 큰아버지한테서 우리 아버지를 느끼지 못할까 봐 그러셨는지 모르지만 평소에 우리 아버지보다 몇 배는 무뚝뚝하다고만 여겼던 큰아버지는 내가 그때까지 전혀 못 보던 모습을 보여주시던 것이었다. 정월 보름을 며칠 지난 다음이었는데 우리 아버지가 생전에 내게 그렇게 해주었다는 걸 어찌 아셨는지 보름에 했던 찰밥을 김에 말아 주시고 벽장에 감춰두셨던 유과도 주시고…… 내 앞에는 큰아버지가 애틋하게 꺼내 주시는 먹을거리들이 수북했다. 나는 사실 우리 어머니 살아 계실 때도 큰댁에서 먹는 밥을 더 좋아했다. 큰집은 늘 뭔가 흥성거리는 기운이 있었다. 불빛도 우리 집보다 따스하고 나무청에 나무도 그득하고 솥단지는 쉴 틈 없이 언제나 김이 피어올랐다. 부뚜막은 반들거렸고 아랫목은 지글거렸다. 오래 도시를 떠돌면서 나는 우리 큰집에 있는 고향의 냄새가 더는 못 견디게 그리웠던가 보았다.

그리고 지금 큰집에서 큰어머니가 차려주신 밥 한 그
릇을 먹고 싶은 저녁이다. 바로 그날 보름이 며칠 지나서
갔던 날의 그 밥을. 토란 잎(말린 토란 잎을 데쳐서 간장만 치고
무친 것), 호박고지(들기름 한 방울과 간장만으로 지진 것), 고구
마 줄기(간장만 친 것), 무를 채 쳐서 식초, 소금 넣고 간 맞추
어 나중에 김을 구워 부수어 넣은 일명 '짓국'. 나는 10년
전에도 또 그 10년 전에도 큰집에서 그런 음식들을 먹었었
다. 나는 오래 도시를 떠돌며 사실은 고향이 그리운 게 아
니라 우리 큰어머니의 바로 그 음식들이 그리웠던 것이다.
마늘도 파도 넣지 않은, 식용유라고는 아예 모르는 그 담
백한 음식들을 나는 이제 어디에서도 맛볼 수 없다. 도시에
서 오들오들 떨던 몸을 어디 가서 누일 수도 없다. 지금 내
가 온갖 종류의 음식들을 먹으면서 삼시 세끼를 꼬박꼬박
챙겨 먹으면서 또 간식들까지 알뜰히도 먹으면서도 이리도
허기진 것은 바로 그 음식들을 못 먹어서인지도 모르겠다.
아무것도 넣지 않은 그냥 토란 잎, 그냥 고구마 줄기, 그냥
호박고지들. 그리고 그 음식들을 먹고 두 발 뻗을 수 있는

아랫목 있는 집으로부터 영영 떠나와버려서.

  10년 전에 경북 영주에서 두 소년을 만났다. 소년들은 할머니와 셋이 살고 있었다. 소년네는 논이 없어 쌀이 귀했다. 쌀에다 밭에서 난 감자와 조를 넣어 먹었다. '이 시대에도 감자밥, 조밥을 먹는 어린이들'에 대한 사진과 글을 같이 간 사진작가가 잡지에 실었다. 그 기사를 보고 사방에서 소년네를 돕겠다고 나섰다. 가장 먼저 소년네에게 도착한 것은 쌀이었다. 소년네는 이제 감자밥, 조밥을 먹지 않아서 더 행복해졌을까? 소년을 돕겠다는 사람들이 너무 많아 소년은 어찌할 줄을 몰랐다. 무엇보다 소년이 어찌할 바를 모르고 힘들어했던 것은 할머니 때문이었다. 예전에는 할머니가 해주시는 감자밥, 조밥도 맛있게 먹으며 행복했는데 지금은 쌀밥을 먹어도 그리 행복한 기분이 나지 않는다는 것이다. 무엇보다 예전에는 감자밥, 조밥을 먹으면서 할머니한테 감사한 마음을 가졌는데 쌀밥을 먹으면서부터 할머니가 해주시던 감자밥, 조밥을 무시하는 마음이 생겼다는 것이다. 사진작가는 소년의 이야기를 세상에 소개한 것을 무척 괴로워했다.

어머니도, 아버지도, 안 계신 지금 나는 또 어디 가서 명실상부한 '내 인생의 밥 한 끼'를 먹을 수 있을까. 그래서 내 이 세상의 바람 맞아 허기진 영혼을 채울 수 있을까. 영주 소년들은 지금도 감자밥, 조밥을 맛나게 먹으며 살고 있을까. 혹여 내가 그런 것처럼, 세상천지 떠돌며 먹어도 먹어도 배고픈 삶을 살고 있는 것은 아닐까. 어머니가 없는 내가 그런 것처럼, 그 소년들도 할머니가 없는 세상을 먹어도 먹어도 허기지게 살고 있을까.

말의 온기

어인 일인지 겨울이면 늘 일찍이 풍찬노숙을 방불케 하는 생활을 한 바 있는 나이 육십 줄의 아는 분이 해준 이야기가 생각난다. 집에서 살 수 없는 어떤 사정에 의해 열 살도 채 안 된 나이에 집을 나와야 했던 그가 맨 처음 어린 몸을 의탁했던 곳은 서울 중랑천 다리 아래 소위 넝마주이 거처였다. 생계는 폐품을 주워 한다지만 거의 부랑인이나 마찬가지. 거친 환경에서 사는 것이 어린 그에게는 감당하기 벅찼지만 그곳을 벗어나 살 수 있는 뾰족한 대안도 없어 형들의 학정(?)을 견디며 살았는데 어느 혹독한 겨울날의 추위는 견딜 수가 없었다. 어디로 간들 여기보다는 낫겠지, 싶어 드디어 그곳을 탈출하리라 결심하고서 그곳에서는 유일하게 온기가 있는 양지 쪽 담벼락에 기대어 그동안 자신이 의탁했던 움막들도 일별하면서 마지막 인사를 하려는 찰나, 왕초 형이라 부르는 이가 다가와 그의 곁에 섰다. 한참을 말없이 함께 햇볕 바라기를 하고 있다가 문득 왕초 형이 한마디 툭 던지더라는 것이다.

"따듯하지?"

웬일인지는 몰라도 순간, 왕초 형이 건네는 그 말, 따듯하지도 아니고, 따듯하지?라는 말이 어린 그의 꽁꽁 언 가슴을 녹여버렸다. 그 순간, 진짜 햇볕보다도 왕초 형의, 따듯하지?가 더 따듯했다. 결국 왕초 형의 그 한마디가, 아, 이곳도 사람이 사는 곳이구나, 왕초 형이 무섭기만 한 것은 아니로구나, 싶어서 그곳을 떠나지 않았다는 것이다.

겨울이다. 사방은 꽁꽁 얼고 담벼락의 햇빛이건 한 토막 장작의 온기건, 전기장판의 온기건 하여간 온기가 필요한 계절이다. 따뜻한 국물 한 그릇, 따뜻한 커피 한 잔, 누군가 비벼준 보온 주머니, 아주 옛날에 우리 아버지가 구워주시던 운동화. 아, 아버지가 구워주시던 그 신발. 나는 아버지가 내 신발을 아궁이 불에 대고 따뜻하게 데워주시는 것을 늘 내 신발 구워주신다, 고 생각했다. 아버지는 군밤을 굽듯이 내 신발을 구워주셨다. 그랬던 아버지였는데, 어느 날 육성회비 고지서를 들이밀며 아부지, 육성회비 주세요, 하니까, 아버지가 대뜸, 돈 없따아, 이놈아, 하시는 게 아닌가. 아부지가 돈이 없단다, 도 아니고 돈 없따아, 이놈아. 차돌멩이처럼 단단하고도 차가운 한마디 이후에 아버지가 백날 신발을 구워주신다 한들, 나는 그 신발의 따뜻함을 느낄 수가 없게 되고 말았다. 아버지 옆에 가까이 가면 벌써 찬기가 느껴지고 밥때를 놓친 나한테 따뜻한 밥을 주려고 수건으로 돌돌 말아 아랫목에 묻어둔 밥주발을 내주실 때도 나는 맘이 편치 않았다. 나중에 내가 어른이 되어 아이들한테 들어가는 돈을 마련하느라 동분서주해야 했을 때에야 나는 아버지가 했던 그 말이 이해가 되었다. 아버지는 가족을 건사하기 위해 한겨울에도 입에서 단내가 나도록 일해야 했던 상황을 그렇게 표현했을 것이다. 아이를 키워보고 나서야 나는 아버지의 돈 없다고 말하는 그 순간에

아버지가 정말 아파 했다는 것을 알게 되었다. 또한 아픈 만큼 가없이 느꺼운 말이라는 것도.

　일곱 형제 중 막내인 내 친구의 아버지는 주막집에 갈 때마다 막내인 내 친구를 데리고 다니기를 좋아했다. 어느 날, 술 한잔하시면서 아버지는 이놈은 있어도 무방, 없어도 무방한 그래서 무방이여, 무방이. 내 친구는 아무리 어렸어도 아버지의 그 말이 왠지 섭섭했다 한다. 그리고 처음의 그 섭섭함은 시간이 갈수록 더욱 또렷해져 나중에는 자신의 존재 의의, 존재 가치, 존재 이유…… 하여간 존재의 기반에 지진이 날 것만 같은 충격으로 다가왔다. 유아 때의 섭섭함이 초등학생 때 막연한 슬픔으로 중학생 때 반항심으로…… 발전한 것이다. 그 뒤부터 자신이 혹시 삐딱선(?)을 탈 일이 있다면 모두 주막집에서 한 아버지의 그 말 때문이라 여기며 살았다고 했다. 그러다가 어느 날 문득, 아, 아버지의 그 말이…… 다른 무엇도 아닌 딱 사랑의 말, 이상도 이하도 아니었다는 것을 깨닫게 되었는데, 자신이 아들만 내리 넷을 낳고서 막내아들한테 아버지가 했던 있어도 무방, 없어도 무방한 놈이라는 말을 하면서 제 가슴에

아들내미에 대한 사랑이 그득히 차오르는 것을 경험하고 난 뒤부터라고. 막걸리 한잔 드시고 무릎에 앉은 막내를 들까불며 이놈은 있어도 무방, 없어도 무방, 무방이여, 무방이. 무방이가 오져서, 무방이가 이뻐서, 또 한번 무방이여, 무방이.

아버지의 돈 없다 이놈아, 가 실은 먹이를 달라고 입을 내미는 새끼 제비 거두는 심정이 아니었을까. 새끼 먹여 살리려고 먹잇감 구하러 나서는 어미 제비가 혹시 말을 한다면 이러지 않을까.

맛난 것 줘요, 맛난 것 줘, 쪼잘쪼잘쪼잘쪼잘.

맛난 것 없따 이놈아, 맛난 것 없어. 쭈절쭈절쭈절쭈절.

새끼들 때문에 먹이 찾으러 나가야 하는 고달픈 육신이지만, 또 그 고달픔이란 게 실은 그 얼마나 그득하고 뿌듯한 것이더냐.

이 추운 겨울에 말의 온기에 대해서 생각한다. 입에 달린 사랑해, 힘내가 아닌, 한 생애들이 녹아 있는, 오랫동안 아궁이 불에 덥혀진 조약돌 같은 온기가 그득한 말. 그 말

들이, 그 온기들이 실은 나를, 우리를 먹이고 입히고 재워
이 세상에 내보냈으리.

.

세상 모든 아가

전라도에서 태어난 우리 엄마는 살아생전 전라도를 떠나 살아본 적이 없었다. 그래서 우리 엄마는 진짜배기 전라도 말을 썼다. 엄마 말은 전라도 말 하면 흔히 떠올리기 쉬운 '조폭식' 억양도 아니고, 요즘의 '테레비 말'로 오염된 서울 말 비슷한 말도 아니다. 순하디순한 전라도 엄마들 말은 말이 아니라 꽃 같았다. 채송화나 봉숭아 같았다. 애기들한테 아가라고 부르면서도 곧잘 높임말 비슷하게 하신가체를 썼다. 뭐뭐 허신가아, 울애기 추우신가, 더우신가. 또 뒷말에 뭐뭐 '하소와'라고 했다. 학교 파허고 핑 오소와. 집안일이 바쁘니 학교 끝나면 빨리 오라는 뜻이다.

예전에 나는 이 세상의 엄마들은 다 우리 엄마(들)처럼 말하는 줄 알았다. 흙 묻은 머릿수건을 급하게 벗으며, 오메 울 애기 배고파서 기함 드시겠네에, 급하게 젖을 물리던 엄마들만 봐와서인지는 몰라도 전라도 말을 쓰지 않는 엄마들한테는 왠지 정이 안 갔다. 그렇게 정이 담뿍 든 말을 쓰는 전라도 엄마들은 아이들을 '애기'라고 불렀다. 크든 작든, 모든 아이들한테, 내 아이뿐 아니라 모르는 아이한테도, 그 자식들이 스무 살이나 서른 살이 되었어도 전라도 엄마들은 아가, 라고 했다. 자식이 마흔 살, 쉰 살, 환갑이 지나도 팔순, 구순 엄마들은 다 늙은 자식한테, 악아, 어디 갔다 인자 오신가아, 당신들의 손으로 자식의 찬 손을 비비고 뺨을 비빈다. 오메오메, 이것이 먼 일이당가, 손도 차고 뺨도 차네, 얼릉 들어소와, 얼릉 들와.

내 귀에는 엄마들의 아가, 소리가 왠지, '악아'라고 들려서 전라도 엄마들이 아이를 부르는 장면을 묘사할 때 나는 늘 '악아'라고 표현했다. 전라도 아버지들은 잘 쓰지 않는 말이기도 하다. 어느 집 자식이 먼 데서 돌아오면 이녁 자식처럼 살갑게 오메 울 애기 오시네에, 볼을 부비던 우리 엄마들도 한때는 '큰애기들'이었다. 시집 안 간 아가씨를 일러 전라도에서는 큰애기라고 했다. 큰애기들은 늘 한데 모여 일하고 노래하고 몰려다녔다. 읍내에 서커스 같은 굿이 들어오면 총각들은 서커스보다 큰애기들 쪽으로 몰려가고. 그 큰애기들은 나이 열일곱, 늦으면 열아홉, 그보다 아주 늦으면 스물을 넘겨 시집을 갔다. 그래서 요즘으로 치면 애기가 애기를 낳았다. 이제 막 시집온 새댁들을 '풋각시' 혹은 풋각시에서 변형된 '폭각시'라고 불렀다.

그 폭각시들은 시누이를 '애기씨'라고 불렀다. 말만 한 큰애기인 애기씨들과 폭각시들은 나이대가 비슷해서 함께 잘 놀고 함께 잘 일했다. 애기씨들과 폭각시들은 겨울 긴긴 밤에 넓적한 '옹구'에다 물을 담고 박 바가지를 엎어놓고는 밤새워 뚜드리고 놀았다. 애기씨들과 폭각시들은 미영밭에서 '노래 노래' 부르며 미영을 땄다. 미영을 따서 미영씨를 발라내고 물레를 돌려 실을 잣고 '실 것'에 걸어 실을 나서 베틀에 걸어 미영 베를 짰다. 우리 엄마들은 그때 겨우 스물 이쪽저쪽이었다. 그래도 엄마들은 어쩌면 그리 애기 같지 않고 '오래된 엄마'들 같았는지.

내가 한때 살았던 광주 지산동에 사는 '한열이 엄마'
가 영화 〈1987〉에서 당신의 아들 역을 한 배우 강동원에
게 "애기야, 김장김치 가져가렴"이라고 했다는 신문 기사를
보고 내 입에서 엄마아, 소리가 절로 나왔다. 한열이 엄마에
게 자식 또래 '애기'들은 다 당신의 자식 같을 것이니, 66년
생 한열이보다 세 살 많은 나에게도 한열이 엄마는 '우리
엄마' 같다. 우리 엄마가 그랬던 것처럼 전라도 엄마인 한
열이 엄마에게도 내 새끼, 남의 새끼 따로 없이 세상의 새
끼들은 다아 '이쁜 울 애기'다. 그래서 한열이 엄마는 집에
온 배우에게 그랬을 것이다. 아이고, 이쁜 울 애기 왔네에.

아들 넷과 딸 그리고 손주를 천주교 성직자로 키운 한
할머니에 관한 글의 한 대목을 읽다가 책을 가슴에 안고 한
참을 울었다. 물론 슬퍼서가 아니고 뭔가 따스해서. 이제
막 신부 서품을 받은 아들에게 어머니는 아들이 애기 때
입었던 옷을 선물로 주었다. 그리고 이렇게 썼다.

"신부님, 신부님도 이렇게 작은 애기였다는 것을 잊지
마세요."

세상의 모든 사람들은 다아, 한때는 애기였다. 선인도 악인도 세상 똑똑한 사람도 세상 어리석은 사람도 다아. 이제 엄마가 된 나는 이 엄동설한에 죄 없이 죽어간 세상의 애기들에 관한 나쁜 소식들을 듣는다. 우리 엄마들이 세상의 모든 자식들을 위해 하던 것처럼 애기들아, 애기들아, 이 세상 나쁜 것들은 다 잊어불고 부디 좋은 데로, 한사코 좋은 데로, 좋은 데로만 가소와아. 나는 그저 먼 데서 손만 비비고 있다.

꿈속의 가족

내가 기억하는 내 가족의 최초 모습은 어느 여름날 아침에 식구들이 평상에 둘러앉아 밥을 먹고 있는 것이었다. 여름 아침은 청명했고 우리가 밥을 먹는 바로 옆에는 옥수수의 싱그런 잎이 너울거리고 옥수수밭 울타리엔 나팔꽃이 막 피어나는 중이었다. 여름날 아침에 피어나는 나팔꽃. 짙은 잉크색, 붉은 보라색의 나팔꽃은 그 이후로 영원히 내 기억에서 피었다 진다. 나팔꽃 주렴 안으로 들어서는 아버지. 싱그러운 아버지. 젊은 아버지는 아버지가 손수 만든 철근을 구부려서 세숫대야를 앉힌 신식 세면대에서 세수를 하고 수건으로 얼굴을 닦은 뒤 얼굴 닦은 수건을 목에 걸고 평상으로 다가와 앗따 맛나겄다, 밥 묵자아. 엄마 얼굴에 번지는 미소. 아, 여름날 아침같이 짧은 행복. 왜 나는 그 여름날 아침을 생각하면 항상 옥수수, 나팔꽃, 그리고 백치 아다다가 떠오르는 것일까. 그때 라디오에서 그 노래가 나왔던 것일까? 엄마의 행복이 여름 아침만큼이나 짧아서일까.

그날 그 아침. 아버지, 어머니, 우리가 모두 함께 모여 밥을 먹은 마지막인 것 같은 아침. 이후 아버지는 도시로 떠났고 아버지가 집에 돌아오실 무렵에는 언니가 집을 떠났다. 그리고 다음엔 내가 집을 떠났고 어머니가 돌아가시고 아버지가 돌아가시고 마지막으로 남아 있던 동생이 결혼을 하고 내 기억 속의 우리 집은, 이제 저 홀로 남아 있다가 어느 날 이 세상에서 영영 사라지고 말았다. 어느 청명한 여름날 아침의 우리 가족은 그것으로 끝났다. 흑백사진한 장 안 남기고. 꿈에 그날 그 아침이 나왔다. 막 세수를 끝낸 싱그러운 아버지. 아니, 그런데 엄마는? 앞치마 두른 고운 엄마가 아니고 머릿수건 쓴 늙은 엄마. 나는 꿈속에서 엉엉 울었다. 엉엉. 눈을 떠서도 눈물은 멈추지 않았다. 아버지는 젊고 엄마는 늙고. 엉엉. 엄마는 젊고 아버지는 늙고. 그래도 엉엉. 똑같이 젊거나 똑같이 늙거나. 그러면 내가 왜 울겠는가. 언젠가 옥수수밭 언저리를 지나다가 어린 날의 그날 아침이 생각나 또 엉엉. '가족'은 내게 짧은 행복 뒤에 긴 그리움으로 펄럭이는 노스텔지어의 손수건. 백치 아다다의 짧은 행복.

"……그리고 그런 가족 관계를 넘어서기 시작하면서부터는 가족은 의외로 전혀 다른 모습을 하기도 합니다, 일종의 억압 관계가 되는 것이죠. 우리는 뭔가 잘못을 저질렀을 때 가족 때문에, 라는 말을 종종 하기도 하고 듣기도 합니다. 끔찍한 일을 저질러놓고도 가족 때문에, 하는 사람들도 있죠. 아니, 가족이 자기더러 그런 일 저지르라고 한 적이 있나요? 그런데도 가족 핑계를 댑니다.

명실상부한 가족이란 혈연으로 이루어진 가족이 아니더라도 '우리'가 있어서 좋은 관계로 이루어진 공동체가 아닐까요? 예를 들자면, 비록 영화긴 한데, 고레에다 히로카즈 감독의 영화 〈어느 가족〉이 바로 그런 가족일 것입니다.

남남들이 모여서 가족처럼 살아가는 모습이 썩 나쁘지 않습니다. 남들이기 때문에 더 '쿨'하고 자유롭고 쾌적한 끈끈함이 있다고나 할까요. 세상에는 그런 가족도 있어요. 혈연가족만이 가족이 아니라는 말이죠. 생각해보세요. 이웃사촌이란 말도 있듯이, 오래 떨어져 산 형제들보다 오히려 좋은 이웃이라는 전제하에, 이웃들에게 혈연이 아니라서 더 자유로운 '가족애'를 느끼는 경우도 있어요. 가족이 진화한 거죠……."

가족이란 무엇인가 강연을 듣고 나서 나는 진화했는가. 내 가족을 향한 '노스텔지어의 손수건'을, 눈물로 얼룩진 손수건을 이젠 버려야 하나.

"……자, 저길 보세요, 가족이라 명명되기를 기다리고 있는 수많은 형태의 새로운 가족의 모습이 보이지 않나요?"

예, 보이요, 보여. 눈을 크게 뜨고 볼라요, 봐. 그러나 여전히 보이는 건 우리 아부지, 엄마, 팔다리는 앙상하고 배만 나온 우리 언니, 코찔찔이 내 동생.

현실의 나는 그 모양이어도 꿈속의 나는 진화했나? 그

랬는지도 모르겠다. 요새는 그날 그 아침이 잘 나오지도 않는 것을 보면. '꿈속의 내 가족'들은 다 어디로 갔을까.

내 글쓰기의 첫날

중학교 몇 학년 때였는가는 잊었다. 하여간 중학생 시절의 어느 해 여름방학 때였다. 아마 방학 숙제였던가 보다. 그때 우리 집엔 선풍기도 없었다. 부채질을 하면 더욱 땀이 나는 그렇게 무더운 여름날이었다. 방학이라고 해서 어디 먼 데 여행을 갈 만한 데도 없고 누가 오는 경우도 없었다. 아버지 어머니는 자식들이 방학했다고 특별히 신경을 써주는 것도 아니고 어제가 오늘 같고 내일도 오늘 같은 나날이 흘러가고 있었다. 그때 그 시절 이야기를 이렇게 글로 쓰고 있자니 조금씩, 그때의 정황이 또렷해진다. 그러니까 중학교

1학년 여름방학이었던 모양이다. 어머니와 언니와 동생은 외삼촌 따라 서울 가서 살고 계시는 외할머니의 생신을 쇠러 서울 가고 없고 객지에서 일하시던 아버지는 어디서 다쳤는지, 아니면 그냥 생겼는지 무릎 아래 살이 시뻘겋게 진물이 흐르는 병에 걸려 집에 와 있었다. 아버지는 나만 빼놓고 식구들이 모두 서울로 간 뒤에 느닷없이 오셨다. 나는 정말 당황스러웠다. 식구들이 나를 집에 떨어뜨려놓고 간 것은 집 안에서 키우는 짐승들을 돌볼 사람이 없어서였지만 내가 자청해서 집에 남겠다고 한 것은 사실 아무도 없는 빈집에서 나 혼자 맘대로 살아보고 싶어서였기 때문이다. 혼자 있고 싶어 한 것을 보니 사춘기가 마악 시작되었던가 보다. 하여간 그렇게 해서 나는 한 열흘 정도의 혼자만의 시간을 확보했다고 여기고서는 나 딴에는 조금은 심심하고 조금은 외로워도 심심하고 외로운 것이 오히려 혼자만의 해방감이려니, 내 인생 최초로 심심하고 외로운 것의 달콤함을 맛보고 있는 참인데, 여수에서 공장 짓는 일을 하시던 아버지가 소식도 없이, 암도 없냐? 어찌 이리 집 안이 죄용허냐? 하시며 들어서신 것이다. 아버지가 별안간에 들어서신 것도 놀라운데 아버지는 다리를 심하게 절고 계셨다. 아버지는 마루에 앉아 신발을 벗으며, 괴양이 났다, 말씀하셨다. 일종의 습진인데, 그것이 치료를 안 하고 방치한 결과 살이 썩어가고 있는, 사실은 무서운 병이었는데도 아버지는, 심상하게, 그저 지나가는 말처럼, 괴양이 좀 났을 뿐이라는 투로 말씀하셨다. 아직 어린 나는 그래서 아버지의 병이 얼마나 심각한 상태인 줄을 그때까지는 몰랐었다. 아버지가 지금 얼마나 큰 고통에 시달리는 줄은 짐작도 못 한 채 그저 갑자기 오신 아버지를 '불편'해했던 것이 분명하다. 나는 언젠가, 러시아 혁명기의 화가 일리야 레핀의 그림을 본 적이 있다. 그가 그린 〈아무도 기다리지 않았다〉에 묘사되어 있는, 유형지에서 돌아온 아버지, 혹은 오빠, 혹은 삼촌을 맞는 가족들의 놀랍고도 뜨악하면서도 왠지 모르게 선뜻 반기지는 못하는 듯한 표정은 어쩌면 중학교 1학년 여름방학 때의 아버지에 대한 내 마음의 표정일 수도 있으리라. 그것을 생각하면 나는 지금도 가슴 한쪽이 시큰해진다. 돈을 벌기 위해 집 밖으로 떠돌았던 아버지는 집에 오면 늘 '이방인' 같을 수밖에 없었다. 아버지가 집에 오시는 것이 반갑지 않은 것은 아닌데 묘한 낯선 느낌만은 어쩔 수가 없었다. 아버지는 아버지대로 아버지 없이 꾸려지고 돌아가는 '집 안의 질서'에 적응할 만하면 떠나야 하는 생활에서 오는 스트레스가 분명히 있었을 터이다. 그렇지만, 우리 식구들은 그런 문제들에 대해서 한 번도 터놓고 말해보지도 못하고 세월을 흘려보내고 말았다. 식구들이 가족 간의 문제에 대해서 터놓고 말하고 때로는 치열하게 토론도 하는 문화가 아쉬운 대목이다, 라고 쓰려다가, 나는 깜짝 놀란다. '토론의 문화'라는 문장을 우리 가족 뒤에 쓰려니, 생뚱맞아서 우습기까지 한 느낌 때문에. 가정 내에서 토론의 문화가 꽃피기에는 우리 집은 '먹고사는 문제'에 극심하게 치여 있었다. 우리는 생활보다 생존이 급박했던 것이다.

나는 언제나 책에 주려 있었다. 더 정확히 말하면 활자라고 해야 할 것이다. 사실은 '문학'에 주려 있었다고 하고 싶다. 그러나 또 거창하게 문학까지 갈 것도 없이 그냥 글이라고 해도 무방할 것이다. 시든 소설이든 역사든 철학이든

222

종교든 하여간 활자로 인쇄된 글을 읽으면 그 글의 내용이 내 영혼에 스며들어서 내 내면을 변화시킬 수 있기를 나는 간절히 원하고 있었으나, 그런 글이 엮어진 책은 내게서 너무 멀리 있었다. 교과서 외에 그 어떤 책도 없었다. 나는 정신적으로 목이 말랐다. 사방을 둘러봐도 내 주변에는 책을 가진 사람도, 책을 읽은 사람도, 책을 구해줄 사람도, 책을 좋아하는 사람도 없었다. 나는 나에게 책이 없고 내 주변에 책 가진 사람이 없고 책 읽은 사람이 없고 책 좋아하는 사람이 없는 것이 슬펐다. 누군가 슬퍼한다는 것은 영혼이 주려 있기 때문이다. 나는 암담한 내 현실을 책이 구원해줄 것만 같았다. 그러나 책은 없었다. 식탐이 있는 아이들은 배가 주려 있기 때문이고 책탐이 있는 아이들은 영혼이 주려 있기 때문이다. 적어도 내 경우엔 그렇다.

나를 구원해줄 책을 찾아 헤매다가 내가 찾은 책들의 목록은 이렇다.

《새농민》,《편물의 기본》,《잠업소식》,《과수재배》,《선데이 서울》,《어깨동무》,《소년중앙》,《괴도 루팡》,《복면의 기사》,《비밀의 화원》,《그림없는 그림책》,《벌레먹은 장미》,

3부・밥이나 집이나 한가지로

《감이 익을 무렵》.

《새농민》,《편물의 기본》같은 실용서들은 주로 마을 회관에서,《어깨동무》같은 어린이 월간지는 큰집 오빠들에게서,《복면의 기사》,《비밀의 화원》은 학교에서.《벌레 먹은 장미》같은 '숨어서 봐야 할 책'의 공급처는 확실치 않다. 그러나, 그런 책들이 내 영혼의 질적 변화를 가져오지는 못했다. 어렸을 적 도시의 풍족한 가정에서 자란 동년배가 어린 시절 독서의 추억에 대해서 말할 때 나는 그와 내가 얼마나 다른 환경에서 자랐는가를 실감했다. 그는 '당초 무늬 표지'의 계몽사 어린이 전집에 대해서 말했다. 나는 당시에 그런 책이 있는 줄도 모른 채로 살면서 콩밭에서 김을 매고 있었을 것이다. 그가 독후감 대회에 나가 상을 받고 있을 때 나는 시커먼 부엌 아궁이 앞에서 매운 관솔 연기에 그을리며 불을 때고 있었을 것이다. 나는 도회지의 유복한 환경에서 자란 그 동년배가 나와는 근본적으로 다른 감수성을 가질 수밖에 없음을 알았고 아무리 나이가 같다고 해도 이질적인 감정을 가질 수밖에 없었다. 그도 나에 대해 똑같은 감정을 느꼈을 수도 있다. 동년배이긴 하지만 도시와 시골의 환경이 다른 만큼 그와 내가 경험한 것이 다르고 사는 형편이 달라서 추억이 다르고…… 그런데 그의 어린 시절 이야기와 내 어린 시절 이야기를 듣고 난 사람들의 반응은 단순히 다르다고 느끼지는 않는 모양이었다. 사람들은 내 어린 시절을 불우한 것으로 간주했다. 청자(聽者)들에 의해서 내 어린 시절이 가난한 것으로, 가난했으므로 불우한 것으로 규정되어버린 것이다. 내가 아무리 나는 가난했지만, 불행하지는 않았다고 우겨본들, 나를 바라보는 사람들의 태도에서 나를 가난한 어린 시절을 보낸 불우한 사람으로 여기는 것이 기정사실로 되고 있었다. 그리고 그때부터 나는 내 가난에 대해서 곰곰이 생각하게 되었던 것이다. 나는 가난했던가? 사실 가난했다기보다 나는 외로움이 더 컸던 것 같다. 외로움이라고 해놓고 보니 이것도 좀 이상하다. 왜냐하면 나는 그때, 배는 고팠지만 가난을 의식하지 못했던 것처럼, 어제가 오늘 같고 내일도 오늘 같은 나날들이 심심하고 따분하긴 했지만 구체적으로 그것이 외로움이라고는 생각지 못했기 때문이다. '외로움'이라는 말의 의미도 잘 몰랐다. 우리는 그때, 외로움이라는 말보다는 서러움, 혹은 설움이라는 말을 먼저 배웠다. 살아 있는 것은, 살아 있다는 것은 서러운 것이었다. 모든 좋은 것은 다 설운 것이었다. 사는 게 서러워서 사람들은 술을 마시고 굿을 했다. 우는 것도 웃는 것도 다아 서러워서. 천지사방은 서러운 것투성이었다. 상황이 나빠도 서럽고 좋아도 서러웠다. 좋은데 왜 서러운가. 좋은 꼴을 못 보고 먼저 죽은 사람들이 안타까워 서러웠다. 서러움은 비단도 아니면서 비단처럼 사람들 몸에, 착 감겨서 틈만 나면 사람들은 서러운 노래를 부르고 서러운 춤을 췄다. 서러움을 핑계 삼아 굿을 하고 서러움을 핑계 삼아 술을 마셨다. 그러다 보면 서러운 것이 되려 편안하다. 서럽지 않은 것은 인생도 아닌 것 같다. 서러움 하나만은 풍족하다. 뒤집어쓰고도 남는 것이 서러움이다. 그러니, 가난하고 외로운 그 시절의 사람들에게, 왜 우냐고, 왜 웃냐고 물을 것은 못 된다. 한번 떠난 자들에게는 돌아갈 곳은 못 되는 고향에서 떠나지 못해 살았던 사람들을 긴 세월이 지난 지금 객관적으로 파악하자면 확실히 가난했고 외로웠다. 그리고 서러웠다. 풍족한 설움이었다. 촉촉한 설움이었다. 풍족하고 촉촉한 설움의 감

정이 그들을 고양시켜서 정월대보름이거나 한가위에는 그
토록이나 강렬하게 매구굿을 쳤던 것이다. 자아, 이제 결론
은 나왔다. 나는 그러니까 너무도 진부한 이유에서 글을 썼
던 것이다. 다른 무엇도 아닌, 가난하고 외로워서! 가난하
고 외로운 나날들의 노동이 너무 힘겨워서. 그것이 서러워
서. 그해 여름방학, 선풍기도 없는 방 안에 틀어 앉아 안방
에서 들려오는 아버지의 고통에 찬 앓는 소리를 들으며 나
는 불현듯 글을 썼던 것이다. 아, 그런데 내가 맨 처음 썼던
글의 내용은 무엇이었던가. 내용은 생각나지 않지만, 뭔가
서러운 기운에 꽉 차서, 그 힘으로 글을 썼던 것은 환히 기
억난다. 아버지가 잠 안 자고 뭐 하냐고, 낼 고구마밭 매려
면 새벽에 일어나야 한다고 야단을 쳤다. 나는 스탠드 불을
이불 속으로 끌어와 숨기고 밤새워 무슨 글인지, 하여간 내
최초의 '소설'을 썼다. 선풍기도 없던 그 후덥지근한 여름밤
에 서러운 기운에 가득 차서.

빗자루가 운다

근 20여 년 전에 곡성 태안사에는 늙은 불목하니 처사가 살았다. 이 처사로 불렸던 할아버지는 틈날 때마다 태안사 주변의 대밭에서 대나무 잔가지를 모아다가 대빗자루를 만들었다. 빗자루 만드는 것이 이 처사의 취미 생활이었다. 이 처사는 그렇게 만든 빗자루를 절을 방문하는 사람들한테 나눠 주었다. 한번은 번쩍번쩍 최고급 승용차에 대빗자루를 싣고 가는 사람도 보았다. 아무리 대빗자루 주는 것을 좋아하는 할아버지도 어느 정도의 눈치는 있어서 나같이 허름한 사람한테나 주지 도시 사장님이나 사모님들한테까지는 주지 않았는데, 이미 많은 것을 가지고 있을 사모님은 그날, 평소와는 다르게 나 같은 사람이나 가질 대빗자루가 욕심이 좀 났나 보다. 대뜸, 자기한테는 왜 안 주느냐고, 기어코 달라고 해서는 한다는 소리가, 이런 거 장식용으로도 너무 예쁘겠어요!

하루를 살다 보면 일상은 치우기(청소하기, 정리하기)의 연속일 뿐이라는 생각이 든다. 음식 먹고 나서 치우기, 입었던 옷 빨래해서 개켜서 정리하기, 읽다가 아무 자리에나 뒀던 책 제자리에 갖다 놓기, 썼던 물건 그렇게 하기…….
인생이 별것이 아니다. 어지른 것 계속 정리하기의 반복이다. 어지르는 사람만 있고 정리하는 사람이 없으면 일상은 '사는 게 사는 것이 아닌 꼴'이 되기 십상이다. 이런 삶이 참으로 불만이고 회의스럽기 짝이 없다. 하루 종일 빗자루질하고 걸레질만 하다가 시간 다 가는 것 같아 화가 나서 청소기를 샀다. 그런데 내가 언제부터 그렇게 화가 날 만큼 열심히 청소하며 살았던 것일까. 나는 그전에 그다지 청소를 하지 않고 살았다. 청소의 필요를 별로 느끼지 않고 살았다. 청소하면서 화를 그다지도 바락바락 내지도 않았다.

청소해놓고 끊임없이 청소 거리를 찾아 두리번거리지도 않았다. 예전에는 청소해놓고 환해진 공간을 환한 표정으로 바라보며 마음이 환해지는 것을 즐겼던 것인데…… 청소하면서 화내고 청소 다 끝내놓고도 환한 표정이 되지 않는 이유를 나는 알지 못했다. 그렇게 불쾌한 기분으로 청소하며 살았다. 청소를 하면 할수록 정작 마음은 더 더러워지는 기분을 억지로 구겨 넣으며.

청소라고 한다면, 그날이 생각난다. '청결의 날'. 청결의 날에 마을 사람들이 모두 나와 동네 골목을 쓸었다. 잡초도 뽑고 소똥 개똥도 치웠다. 그리고 학교에서 하는 대청소. 그런데 학교에서는 당연한 청소 도구인 빗자루를 써본 일이 없다. 여름에는 걸레질. 엉덩이를 높이 쳐들고 마루 쪽 끝에서 끝까지 밀기. 그리고 겨울이면 병으로 문지르기. 더구나 장학관 시찰이라도 나올 예정이면 아이들은 병으로 마루를 문지르고 또 문질러서 번쩍번쩍 윤이 나게 해야 한다. 그것이 청소였다. 윤이 나는 마룻바닥은 빙판처럼 미끄럽다. 지금도 이해할 수 없다. 아이들을 시켜 왜 그 짓거리를 했는지.

청소할 때 빗자루가 제대로 쓰이는 곳은 단연코 부엌과 마당이었다. 그러고 보니까 내 청소가 나를 화나게 할 수밖에 없었던 이유는 내가 청소를 해도 해도 청소한 티가 안 나서라는 걸. 아침마다 칼칼하게 쓸고 싶은 본능은 아직 내 속에 살아 있는데 그럴 마당은 없고 집 안에서 가장 쉽게 어질러지는 부엌은 빗자루질 한 번이면 정갈해질 텐데, 아파트 부엌은 빗자루질이란 것이 해도 해도 시시포스의 바윗돌 올리기질과 별반 다름없기 때문에. 그리하여 모터 소리 요란한 청소기를 사서 쓰기 시작한 거였다. 결론을 말하자면 이젠 그 모터 소리가 징그러워 청소하기가 두려울 지경이 되었다. 그래서 이제 다시 나는 청소기 따위 필요 없는 조용한 청소를, 즐거운 청소를, 빗자루질 한 번이면 환해지는 청소를 하며 살고 싶어지는 것이다. 우리 어머니 말대로 '빗지락질' 한 번이면 환해지는, 그런 삶을 살고 싶어지는 것이다.

방이나 부엌 같은 실내 빗자루는 주로 수수 빗자루였다. 갓 만든 수수 빗자루는 붉은 수수 껍질이 꽃처럼 소복하다. 정초에 필히 장만해야 할 소모품이 박 바가지와 빗자루다. 바가지는 깨지면 무명실로 꿰매 쓰다가 또 광목천을 덧대 쓰다가 그렇게 쓰다가 쓰다가 더 이상 꿰맬 자리가 남아나지 않을 때 파삭 깨서 버렸는데 빗자루는 다 쓰고 나서도 그렇게 함부로 버리지 않았다. 빗자루는 쓰다가 쓰다가 나중에는 풀비로도 쓰다가 최종으로는 불에 태웠다. 사람의 손을 많이 탄 빗자루를 함부로 버렸다가는 그것이 도깨비나 헛것이 된다고 믿었다. 쓰던 물건을 불에 태운다는 것은 내 손때가 묻은 것을 버리면 왠지 내 혼이 버려진 것 같은 두려움, 혹은 삶의 외경, 신비로움의 정서, 그리고 거기에 고마운 마음까지를 담은 행위이리라. 제 용도에 맞춤하게 쓰여지다가 그 소임 다 끝내는 존재를 향해 예를 갖춘 다비식까지는 아니어도 내 생활을 도와줬으니 공손하고 경건한 소멸식(?)까지는 해주는 것이 수명 다한 물건에 대한 도리인 것. 부러진 바늘 하나를 놓고도 오호통재(嗚呼痛哉)라, 조침문(弔針文)을 바쳤던 이조의 여인처럼은 못 하더라도 말이다.

최근에 서울에 갔다가 예전 태안사의 장식 빗자루 사모님처럼 옛 물건이라면 뭐든지 최고의 인테리어 소품인 줄 아는 사람이 하는 가게를 만났다. 부잣집 거실에 걸린 박수근의 가난한 여인들같이 우리나라 시골 옛 시절의 물건들이 가게 안에 수척하게들 걸려 있었다. 닭이 알을 품는 둥지, 길쌈할 때 쓰던 북과 함께 걸린 수수 빗자루 두 자루. 강제로 거세당한 짐승을 볼 때 그런 것처럼 그렇게 어만 데서 어만 쓰임을 '당'하고 있는 물건들을 보면 민망하달까, 참 거시기한 감정이 일어난다. 하긴 어떤 사람은 꼭두가 어디 쓰이는 물건인 줄을 몰라서 그랬는지, 알고도 그랬는지는 몰라도 예쁘다고 자기 집 안방 침대 머리맡에 잔뜩 늘어놓았다가 나중에 혼비백산을 했다나, 어쨌다나.

물건을 제 용도에 안 쓰고 장식으로 쓰는 사람들이야 그럴 수 있다 쳐도 사람을 장식용으로 쓰는 사람들, 자기 낯내는 데만, 자기 필요한 만큼만 쓰다가 물건 함부로 버리듯이 버리는 사람들을 어찌할 것인가. 그럴 때 어디선가 대빗자루가 울고 있을지도 모르겠다. 시원하게 쓸어버리고 싶은 '쓸기 본능'을 쓰지 못해 그저 어디선가 울고 있는지도.

밥이나 집이나 한가지로

코로나 때문에 마을회관에 못 모이고 노인 돌보미와 함께 산책길에 쉬고 있는 노인에게 인사를 건넸다.

　산책 좋으세요?

　좋지. 누가 노인들 옆에 올라고도 안 허는 시상에 나라가 사람을 보내줘서 을매나 좋아.

　지금 세상이 옛날보다 좋아요?

　옛날보다 발전해서 좋지.

　발전이 뭐예요?

　건물 높아지고 길 넓어지고 차 많아졌잖어.

노인들은 높아진 건물에 살아본 적 없고 넓어진 길에
차 몰고 나가본 적 없다.

또요?

공장 많아지고.

노인들의 자식들은 도시의 공장으로 가서 돈을 번 뒤
다시는 고향으로 돌아오지 않는다. 그래서 산책도 자식이
아닌 돌보미와 한다.

또요.

묵을 것 많아져 좋제. 천국이 따로 없어. 밥걱정 안 허
면 천국이제.

코로나 세상이 뭐가 천국이에요.

코로나 왔다고 누가 불을 지르기를 혀, 나가라고 내쫓
기를 혀. 날마다 집이서 묵고 자고 묵고 자고. 만고땡이여.

먹고 자고 먹고 자는 세월이면 만고땡, 무엇을 더 원하
랴.

선생님은 시제의 제목으로 칠판에 '창공'이라고 크게
썼다. 창공이 무슨 뜻이냐고 물으니, 드넓은 하늘이라고 했

3부 • 밥이나 집이나 한가지로

다. 단박에 시가 떠올랐다.

저 하늘을 날아가는 새를 잡아서 꾸어 먹으면 얼마나 맛있을까.

선생님이 나오라고 했다. 칭찬을 해주려나 보다 하고 나갔더니, 손을 내밀라 하신다. 뒤이어 대나무 뿌리가 내 손바닥에 와서 불을 일으켰다.

하늘의 새를 보고 겨우 먹을 것 생각이나 하냐, 겨우 먹을 것 생각이나 해?

원 없이 먹어보는 게 소원인 어린이한테 먹을 것 생각이나 한다고 선생님은 매타작을 했다.

먹을 것 생각한다고 매 때리던 선생님은 그럼 무슨 생각을 하셨을까. 나는 아직도 틈만 나면 먹을 것 생각을 하고 사는데. 먹을 것 있으면 만고땡인데 선생님은 뭣이 어떤다고……

오일장을 보고 돌아오는 버스 간. '모 붓어논드키' 할머니들이 한가득이다. 버스가 출발하기를 기다리며 버스 안 가득 앉아 있는 할머니들을 보고 기사가, 앗따 모 붓어났소야, 모 붓어놨어이. 밭에 옮겨 심으려고 모종 부어놓은 것 같다는 말이다. 그렇게 모여 앉아 있는 할머니들의 대화.

올 농사 끝이다 했더니, 장에 가봉게 모다들 장군들이여.

봄의 냉해, 여름의 한해, 가을 초입의 태풍에도 굴하지 않고 작물들 이고 지고 장에 나온 사람들은 내가 보기에도 장군들처럼 씩씩했다.

하늘 보고 절 한 번, 땅 보고 절 한 번이여이.

하늘 보고, 땅 보고 절을 어찌 한 번씩만 했을까. 평생으로 따지자면 수 골백번을 했을 터이다.

운전수가 틀어놓은 라디오에서 서울의 집값이 오르고 또 올랐다는 뉴스가 나온다. 뉴스를 듣던 할머니가,

집도 밥같이 많애지면 노나야제, 도치기맹이로이.

굳이 뒤엣말을 생략한다.

할머니, 도치기가 뭐예요?

도치기가 도치기제. 혼자만 묵으면 도치기, 노나 묵으면 부챗님.

아하, 도척이. 도둑놈, 도척이. 혼자먼 먹으면 도척이,

나눠 먹으면 부처님.

집도 밥같이 노느면 을매나 조으까이. 집도 밥같이 혼자만 안 묵고 다 같이 노느면이.

할머니들의 말을 기사가 받는다.

그러먼 세상에 뭣이 꺽정이겄소, 안 그렁게 문제제. 급니까, 안 급니까?

그려, 맞는 말이여. 노느면 좋지. 뭣이든지 노느면 참 좋아. 밥이나, 집이나.

밥을 그러듯이 집도 나누면 참 좋다고 말하는 할머니들이 주평리에서 내리고 대방리에서 내리고 오정리에서 내린다. 들판 길을 가로질러 부처님들이 가고 있다.

춥고 더운 우리 집

ⓒ 공선옥 2021

초판 1쇄 발행 2021년 5월 12일
초판 3쇄 발행 2022년 11월 10일

지은이 공선옥
펴낸이 이상훈
편집인 김수영
본부장 정진항
문학팀 최해경 김다인 하상민
마케팅 김한성 조재성 박신영 김효진 김애린
사업지원 정혜진 엄세영

펴낸곳 (주)한겨레엔 www.hanibook.co.kr
등록 2006년 1월 4일 제313–2006–00003호
주소 서울시 마포구 창전로 70 (신수동) 화수목빌딩 5층
전화 02) 6383–1602~1603 **팩스** 02) 6383–1610
대표메일 munhak@hanien.co.kr

ISBN 979–11–6040–480–7 03810